Capitolo 1

Perché continua a civettare con quell'imbecille?, si domandò Bashinoir, il testimone dello sposo.

Incurante delle occhiatacce del marito, Lil continuava a scambiare sorrisini con Anodil, un giovanotto di dieci anni più giovane, impettito nel suo bel vestito verde.

"Vuoi tu prendere il..." chiese il sacerdote.

La neve si posava candida sugli invitati e sugli alberi del bosco. Diverse donne tremavano per il freddo. Lil non sembrava soffrire l'aria gelida.

A un tratto, delle sagome scure saettarono tra i fiocchi di neve. La voce del sacerdote si arrestò. Bashinoir lo vide ondeggiare e poi cadere all'indietro, con una scheggia conficcata nella fronte. Una pioggia di pietre affilate colpì gli invitati. Bashinoir, coprendosi la testa con il mantello, corse verso sua moglie.

Ovunque, uomini, donne e bambini stramazzavano a terra. Il sangue si allargava sulla neve formando tante aureole rosse intorno ai cadaveri. Bashinoir prese per mano sua moglie e corse, tirandola con sé. Lei cadde. Bashinoir la sollevò, se la caricò in spalla, la coprì col mantello e scattò verso un anfratto della roccia, nel quale solo Lil riuscì a ripararsi completamente, mentre il marito la protesse col proprio corpo. Dietro di loro era un vortice di urla, lamenti e pianti. Una scheggia ferì Bashinoir al polpaccio. Il sangue iniziò a sgorgare dalla ferita.

Le voci si arrestarono. La pioggia di schegge cessò. Bashinoir alzò la testa e scrutò dietro di sé. "No, non guardare" ordinò alla moglie tremante. I corpi erano a terra, dilaniati, in un lago di sangue.

Bashinoir aiutò Lil ad alzarsi. Le tenne il capo appoggiato sulla sua spalla, coprendole gli occhi con la mano. Marito e moglie si diressero verso il Tempio. Lui zoppicava. Passarono vicino a una sagoma informe, chiusa in un vestito verde inzuppato di sangue. Bashinoir strinse la fanciulla ancora più forte. Raggiunsero l'edificio sacro. Dallo stipite della porta, la sacerdotessa Miril osservava la strage.

“La magia nera ha colpito la nostra isola” disse. “Entrate.”

“Ci sono altri… ?” chiese Bashinoir, con un filo di voce.

“No, solo voi.”

I tre si raccolsero attorno al fuoco sacro. Erano gli ultimi abitanti sulla gelida isola di Turios.

Capitolo 2

Nessuno dei tre se la sentì di rompere il silenzio. Neppure il fuoco sacro riuscì a regalar loro un po' di calore.

Bashinoir fissava la fiamma. Con la coda dell'occhio scrutava il viso di Lil, che teneva lo sguardo sul pavimento. Un leggero tremolio continuava a scuoterla. Le lacrime le rigavano il viso. Bashinoir ripensò al giovane Anodil. Un moto di gelosia, subito represso, gli strinse il cuore. Avrebbe voluto chiederle spiegazioni.

No, non è il momento, rifletté. Non era l'ora adatta per lasciarsi andare alla gelosia. Rivide quelle schegge cadere dalle nubi. La sacerdotessa aveva parlato di magia nera. *Perché? Cosa abbiamo fatto per meritarci tanta crudeltà?*

Lil non fu in grado di trattenere le lacrime, benché avesse voluto mostrarsi forte. *Cosa mi è rimasto? È tutto perduto. Sono tutti morti. La mia isola non ha più futuro*, rimuginò.

Amiche, parenti, genitori. Il sangue di tutti coloro che amava era in quel lago rosso che macchiava la neve fuori dal Tempio. Mentre attraversavano la distesa di cadaveri, non un solo gemito si era levato da quei corpi senza anima.

Soli!

In tre, su quell'isola dimenticata dagli uomini e dagli dei. "Forse… dovremmo andare a controllare se qualcuno è ancora vivo", propose singhiozzando.

La sacerdotessa e Bashinoir la guardarono in silenzio. Bashinoir, ancora una volta, ripensò ai passi sulla neve mentre conduceva Lil al Tempio. I cadaveri sul manto gelido non erano altro che masse informi. Le schegge avevano trafitto le membra e lacerato gli arti. Non sembravano neppure più esseri umani. No, nessuno si era salvato. Bashinoir non voleva che Lil rivedesse ancora una volta quei corpi. Avrebbe preferito aspettare l'indomani per uscire a bruciarli da solo. Si augurò che nella notte non cadesse troppa neve, così avrebbe potuto trascinare i cadaveri su una catasta di legno e dare fuoco a quello che restava delle persone con cui aveva condiviso la propria vita.

Mentre era assorto nei propri pensieri, si lasciò sfuggire un lamento: "Ah…"

La sacerdotessa si accorse che Bashinoir continuava a perdere sangue dalla ferita al polpaccio.

"Bashinoir, vieni. Dobbiamo curare la tua ferita. Andiamo in un luogo più caldo. Prima la gamba, poi proveremo a mangiare qualcosa." Sapeva che nessuno dei tre sarebbe riuscito a buttare giù nulla.

Bashinoir, sorretto dalla moglie, seguì la sacerdotessa. Era la prima volta che gli veniva concesso di entrare negli alloggi del Tempio.

"Aspettate, vi prego, devo controllare una cosa. Non muovetevi. Sarò di ritorno tra breve" disse l'uomo.

Lil e la sacerdotessa lo guardarono uscire zoppicando.

Fuori, la nevicata si era trasformata in una bufera che non lasciava filtrare la flebile luce del crepuscolo. Bashinoir non capiva cosa ci fosse di fronte a lui. Le macchie di sangue erano già coperte da un nuovo strato di neve. Scorse gli avvallamenti causati dalla caduta dei corpi. *Ma i cadaveri? Dove sono?* Brancolando nella bufera, raggiunse quello più vicino.

Si inginocchiò, tastando la neve con le mani nude. No, non c'erano dubbi. Non era un'allucinazione. Il corpo non c'era più.

Può essere stato il vento? Impossibile!

Cercò, intorno alla macchia, dei segni di trascinamento, senza riuscire a scorgere nulla.

Quanto tempo avevano trascorso nel Tempio, intorno al fuoco sacro? Se qualcuno fosse sopravvissuto, non avrebbe certo avuto il tempo di portare via tutti quei cadaveri. E non sembravano esserci orme di alcun tipo.

Si alzò in piedi, alla ricerca degli avvallamenti vicini. Nulla, nessun cadavere. Sfinito e dolorante, continuò a cercare. Cadde a terra, si rialzò. Era consapevole di perdere ancora sangue. Si spinse fino agli alberi. Tentò di guardare dentro il bosco, senza scorgere nulla.

Devo tornare ora al Tempio.

Si voltò e si incamminò. A qualche metro di distanza dall'ingresso, finì in ginocchio. Cercò di rialzarsi, ma le gambe non obbedirono più.

"Vieni, Bashinoir" gli sussurrò la voce della sacerdotessa, tra le forme che si confondevano di fronte ai suoi occhi. Poi fu tutto buio.

Capitolo 3

“Chiudi il portone e vieni ad aiutarmi” ordinò la sacerdotessa Miril a Lil. Reggendo a fatica il peso dell'uomo, lo portarono in una stanza a destra dell'ingresso. Lo fecero stendere su una pelle che copriva il pavimento e lo girarono pancia a terra. La sacerdotessa gli sfilò stivali e pantaloni. Lil cercò di nascondere l'imbarazzo.

La ferita era molto profonda. Miril si allontanò per tornare con un cofanetto. Pulita la ferita, estrasse ago e filo e iniziò a cucirla. Poi applicò una benda.

“Lil, per favore, non ce la faremo a portarlo in un'altra stanza.” Le spiegò dove trovare legna e altre pelli. Lil uscì e, dopo qualche minuto, tornò con l'occorrente. Acceso il fuoco nel camino, con le pelli gli allestirono un giaciglio. La fronte di Bashinoir scottava. “Vado a preparargli una tisana. Aspettami qui.”

Al suo ritorno, mentre passava davanti all’ingresso, un forte colpo rimbombò sul portone di legno, che si aprì di colpo. La bufera invase l'atrio. La sacerdotessa si arrestò, impietrita.

“Cos'è successo?” domandò Lil, accorrendo. Seguendo lo sguardo della sacerdotessa, Lil si rivolse al portone aperto. Le due donne rimasero a guardare, come se si aspettassero improvvisamente l'arrivo di qualcuno o qualcosa. “Chiudiamolo” esortò Miril.

La sacerdotessa avanzò con sguardo deciso verso il battente di destra. Lil resistette per qualche secondo, poi, con gli occhi fissi sull'apertura, la seguì con passi cauti e timorosi, dirigendosi a quello di sinistra. Nello spingerlo, le parve che mani invisibili, dall'altro lato, esercitassero una pressione opposta alla sua. *Sono solo stanca, non è possibile.* Eppure, anche Miril appariva in difficoltà. *Siamo donne e questo è un lavoro adatto ai muscoli di un uomo.* Fu lo sguardo tenace e concentrato della sacerdotessa a darle l'energia necessaria per puntare i piedi e spingere. Il suo corpo fremette, i muscoli gridarono, ma infine il battente cedette e si chiuse, proprio mentre anche Miril riusciva ad averla vinta.

Quella barriera di legno era in grado di renderle al sicuro? Poteva tenere fuori il male che tanto aveva nuociuto loro nel corso di quella nefasta giornata?

Lil fece del suo meglio per aggrapparsi a quella sicurezza.

Miril e Lil si presero cura di Bashinoir fino a quando, sfinite, crollarono sui cuscini davanti al fuoco. La febbre era sotto controllo. La ferita aveva smesso di sanguinare. Il respiro era regolare.

"Sacerdotessa, posso parlarti?"

"Miril, chiamami Miril. Non siamo rimasti in molti. E forse alcune formalità non sono più necessarie."

Lil non nascose un certo stupore. La sacerdotessa aveva sempre rappresentato una figura lontana, misteriosa e inarrivabile. Aveva avuto modo di incrociarla solo in occasione dei grandi riti. Si diceva che trascorresse la maggior parte della sua esistenza chiusa nel Tempio. Quando usciva, alla ricerca di qualche erba o minerale, la si vedeva percorrere i sentieri dell'isola da sola. Nessuno ardiva rivolgerle la parola. Gli Anziani le chiedevano di tanto in tanto udienza per dirimere le controversie sulle quali non erano riusciti ad accordarsi. Il giudizio della sacerdotessa veniva accolto con obbedienza assoluta.

Non senza un certo imbarazzo, Lil proseguì: "M-Miril, vorrei chiederti, se puoi dirmelo, secondo te… cosa è successo?"

Miril osservò gli occhi neri della ragazza. Lil sentì quello sguardo penetrarle nel profondo. Era come se quella fosse la prima volta che la sacerdotessa si accorgeva davvero della sua presenza.

È davvero bellissima, rifletté Miril. Non la sorprendeva che quasi tutti gli uomini dell'isola ammirassero le fattezze di quella fanciulla. Le membra erano ben proporzionate. La pelle era scura, la statura minuta. I lineamenti del viso erano perfetti. I capelli scuri le raggiungevano le spalle con graziosi riccioli.

"Lil, mi dispiace, ma devo fare delle ricerche. Ho percepito una magia nera fortissima. Dubito che i maghi di Isk possano essere in grado di manipolare simili energie, arrivando a comandare gli elementi in questo modo. Ma… ancora non sono in grado di formulare delle ipotesi precise."

Miril si sentì in colpa. Avrebbe potuto dire molto di più a Lil, ma c'erano segreti di cui solo lei e il sacerdote erano a conoscenza. Da quando il loro popolo, duemila anni prima, era giunto su quell'isola, i sacerdoti si erano tramandati la verità sul passato. Gli Anziani, invece, avevano trasmesso alla gente una parte di quello che era accaduto attraverso vari tipi di leggende. La verità era troppo pericolosa. Erano convinti che l'ignoranza sul loro passato li avrebbe protetti e avrebbe consentito di costruire le loro nuove case e la loro nuova vita.

Ma qualcosa, alla fine, era andato storto.

È la nostra protezione ad aver fallito? Cosa posso dirle?, si chiese Miril, di fronte allo sguardo interrogativo della fanciulla.

"Lil, tu sai perché la nostra gente abita quest'isola?"

"Io so che i nostri padri sono venuti qua da molto, molto lontano, perché la terra dove vivevano si stava congelando" snocciolò Lil tutto d'un fiato.

"In parte è vero. Le terre a Nord non erano più ospitali, così i nostri antenati hanno preso la via del mare per raggiungere una nuova terra nella quale vivere. Quando hanno scoperto quest'isola, hanno deciso di stabilirvisi e prosperare. Cos'altro sai?"

"Non molto. Gli Anziani non amavano che si parlasse troppo del passato. Preferivano che ci concentrassimo sul lavoro."

"Lil, le tue conoscenze non sono errate. Eppure, sono solo una parte della verità. Ma non è semplice da spiegare."

Bashinoir, dietro di loro, ebbe un sussulto. Miril e Lil lo raggiunsero. La fronte scottava. La febbre era di nuovo alta.

La sacerdotessa uscì veloce dalla stanza per andare a preparare un'altra tisana. Lil deterse il sudore dalla fronte del marito. Quando Miril tornò, lo destarono quel tanto che servisse a farlo bere. Bashinoir si lamentava. Provava a parlare, ma emetteva solo suoni indistinti. Miril e Lil continuarono a prendersi cura di lui finché la febbre non fu nuovamente sotto controllo.

Nel cuore della notte, le due donne ebbero solo la forza di trascinarsi sui cuscini di fronte al fuoco. La sacerdotessa non aveva voglia di tornare nei propri appartamenti e non voleva lasciare l'uomo e la donna in quel locale da soli.

"Lil, prendi quei cuscini e disponili a qualche metro dal fuoco. Potremo dormire qui questa notte. Domani cercheremo di portare Bashinoir in un luogo più confortevole."

Lil obbedì. Miril si avvicinò ai cuscini con una pelle in mano. Era l'unica presente, in quel locale. Invitò Lil a distendersi al suo fianco. Con una certa reticenza, Lil si sistemò al fianco della sacerdotessa. Era imbarazzata, ma ben presto la fatica per gli eventi di quel lungo giorno prese il sopravvento e si addormentò.

Miril ammirò i lineamenti perfetti del viso di Lil.

Come poteva essere accaduta una cosa simile? Non aveva mai

percepito un'energia così forte prima di allora. Non aveva dubbi sul fatto che l'influsso oscuro fosse arrivato dalle terre a Nord. Dunque, non avevano mai smesso di cercarli. La sete di vendetta dei signori di quelle terre non si era ancora placata dopo così tanto tempo.

Devo cercare di dormire. I prossimi giorni saranno molto lunghi. Osservò ancora una volta il viso di Lil. *È davvero bellissima,* pensò.

Capitolo 4

“Possiamo fuggire da quest'isola” disse Anodil.

“Ma sei pazzo? Cosa stai dicendo? Lo sai benissimo che non si deve parlare di queste cose!” ribatté Lil.

“Anche se non se ne deve parlare, possiamo farlo lo stesso. Chi ha detto che dobbiamo rimanere per sempre qui? Posso costruire un'imbarcazione in segreto e possiamo prendere la via del mare. Se il nostro popolo è arrivato fino a quest'isola, allora deve essere anche possibile fuggirne!”

Lil accarezzò la corteccia di un tronco. Lo sguardo vagava tra il fogliame degli alberi.

“Anodil, io... non verrei con te. Questa è la mia casa. Qui ci sono i miei genitori, i miei fratelli, le mie sorelle, i miei amici. Qui c'è... mio marito!”

“Ma tu non lo ami, e lo sai bene. Tu ami me!”

“Non è vero. Io non ti amo. Sono e sarò sempre fedele a mio marito.”

“Lil, sono stati i tuoi genitori ad averti imposto questo matrimonio. Tu soffri quando sei insieme a lui. Lo percepisco chiaramente ogni volta che vi vedo insieme.”

“Ti ho detto che non è così!” obiettò Lil, subito pentendosi di aver alzato la voce più del dovuto. Si guardò intorno, nel timore che qualcuno potesse ascoltare la loro conversazione. “Ora smettila. Io me ne vado!”

Si incamminò, ma Anodil la fermò prendendola per un braccio. Lil si liberò con troppa foga dalla stretta e finì contro un albero, procurandosi una piccola escoriazione al gomito.

Anodil si fece avanti per prestarle aiuto, ma Lil lo allontanò bruscamente, per poi riprendere il cammino.

“Lil, non andartene, ti prego!” la implorò Anodil. Lil si voltò a guardarlo. Sul viso del ragazzo comparvero delle ferite dalle quali iniziarono a fuoriuscire dei rivoli di sangue. Lil indietreggiò, inorridita. Anodil alzò un braccio verso di lei, come volesse chiedere aiuto. Una scheggia gli trafisse la carne dell'arto.

“Possiamo fuggire. Possiamo farlo insieme. Possiamo andarcene. Possiamo amarci. Possiamo fuggire...” le ripeté Anodil, come fosse una cantilena, cadendo sulle ginocchia. La sua pelle era ormai quasi interamente coperta di sangue. Sul vestito si allargava una macchia bruna.

Lil avrebbe voluto fuggire, ma non riuscì ad allontanarsi. Mentre indietreggiava, inciampò su una radice. Cadde a terra. Anodil, avanzando sulle ginocchia, si avvicinò a lei.

“Possiamo stare per sempre insieme, in un luogo meraviglioso…”

Lil avrebbe voluto urlare. Aprì la bocca, ma nessun suono le uscì dalle labbra. Il corpo di Anodil l'aveva quasi raggiunta. Non poteva muoversi. Il braccio proteso verso di lei si spezzò. La mano e l'avambraccio caddero ai piedi di Lil. Un urlo straziante esplose dentro di lei.

“Lil, svegliati. È solo un incubo.”

La ragazza spalancò gli occhi. A pochi centimetri dal suo viso incrociò lo sguardo preoccupato della sacerdotessa. Percepì viso e corpo madidi di sudore.

“Lil, stavi solo sognando. Va tutto bene, siamo nel Tempio. Sei al sicuro.”

Lil si guardò attorno. Le fiamme crepitavano allegre nel focolare. Si voltò verso suo marito e non riuscì a trattenersi: scoppiò a piangere. Quelle lacrime che aveva trattenuto per tutta la giornata, facendo del suo meglio per essere all'altezza della sacerdotessa e di suo marito, in quel momento esplosero in tutto il loro fragore.

“Piangi, Lil. È giusto.”

La fanciulla non era in grado di separarsi dall'orrore delle immagini del sogno, che si confusero con le scene del matrimonio trasformatosi in un bagno di sangue. Rivide le schegge cadere dal cielo e gli uomini trasformarsi in masse deformi e sanguinolente.

Miril l'abbracciò dolcemente e Lil iniziò a calmarsi, benché un po' stupita e imbarazzata.

“Va tutto bene. Non ti preoccupare” le sussurrò gentilmente Miril. “Ora cerchiamo di dormire. Mancano poche ore all'alba, e domani avremo moltissimo da lavorare.”

Lil si distese, seguita da Miril, che le si accostò e l'attrasse con gentilezza a sé. Le adagiò la testa sul proprio seno, accarezzandole i capelli.

“Andrà tutto bene, ce la faremo. Vedrai.”

Lil tenne gli occhi aperti. Quel contatto la fece sentire tesa e rigida. Dopo qualche minuto, tuttavia, lo sfinimento ebbe la meglio e si lasciò abbandonare all'abbraccio, alle carezze e al sonno.

Capitolo 5

I raggi dell'alba irruppero attraverso le finestre del Tempio. Quando Lil si svegliò, la prima cosa che avvertì fu il crepitio del fuoco nel camino. Cercò con lo sguardo gli altri due. Suo marito era ancora addormentato. La sacerdotessa non c'era.

Si alzò in piedi e si avvicinò a Bashinoir. Le fasciature erano state cambiate di recente. Miril doveva essersi presa cura di lui. Uscì dalla stanza e si diresse verso il fuoco sacro. Un avvolgente odore di incenso profumava l'aria. La sacerdotessa era di fronte al fuoco, seduta, in meditazione.

"Avvicinati, Lil."

"Perdonatemi, sacerdotessa. Non era mia intenzione disturbarvi."

"Ci davamo del *tu* ieri, te lo ricordi?"

"Scusami… Miril."

"Non devi scusarti," replicò la sacerdotessa, sorridendole.

Lil fu di nuovo assalita dai ricordi della giornata precedente e scoppiò a piangere. Miril la raggiunse.

"Lil, non ti preoccupare. Troveremo una soluzione."

Era da quando si era svegliata alla prime luci dell'alba che Miril se lo ripeteva.

Andrà tutto bene. In fondo, siamo chiusi nel Tempio. Qui, nulla può accaderci. E chi ha fatto tutto questo, probabilmente neppure può sentirci. Non gli importerà della presenza di tre superstiti. Se in tutti questi anni hanno cercato un modo per vendicarsi, è probabile che ora siano soddisfatti. Ma se non fosse così?

"Miril, non va tutto bene. Sono tutti morti. Tutta la mia famiglia. Siamo sole, con mio marito, su quest'isola che non ha contatti con il mondo esterno. Che cosa faremo? Come vivremo?"

"Lo so, Lil, non è facile. Gli dèi sembrano averci abbandonato. Ma se è questa la via che hanno scelto per noi, dobbiamo accettarlo. Questa è la nostra prova. Ora calmati, cerca di rilassarti."

"Mio marito non si è ancora... ripreso!"

"No, ho paura che abbia perso molto sangue e sia ancora molto debole. Temo che saremo noi due a doverci prendere cura dei cadaveri."

"Mah..."

Lil non era per nulla sicura di potercela fare. Ancora una volta, l'orrore del giorno precedente scorse nella sua mente. Come poteva avere a che fare con quelle masse sanguinolente, che ormai il gelo notturno doveva aver reso rigide e ancora più spettrali?

"Anche io sono spaventata. Ma non possiamo fare altrimenti. Quelle persone meritano la loro cerimonia funebre. Non possiamo lasciare quei corpi straziati fuori dal Tempio, in balìa del tempo e delle belve."

Aiutarla a bruciare i corpi di tutte le persone che aveva amato in vita sua. Era questo che le stava chiedendo la sua sacerdotessa. In altri tempi la giovane non avrebbe mai osato mettere in discussione le richieste della sacerdotessa. In ogni caso, acconsentì, sebbene a malincuore: "Farò come mi chiedi" disse, con un filo di voce.

Miril le sorrise dolcemente. "Ora vieni con me, ti ho preparato un'ottima tisana."

Le due donne si avvicinarono al portone del Tempio con una certa titubanza. La sacerdotessa si era cambiata e aveva indossato vestiti da lavoro, che Lil non le aveva mai visto portare. Aveva offerto un cambio anche a Lil. Gli abiti di pesante cuoio rendevano goffi i movimenti delle due donne.

"È ora! Che gli dèi ci assistano" disse Miril, prima di spalancare le pesanti ante in legno.

Le due donne scrutarono esterrefatte lo scenario di fronte a loro, senza riuscire a proferir parola. Lo spiazzo di fronte al Tempio era una candida distesa bianca e immacolata, segnata qua e là dal passaggio di qualche animale di piccola taglia.

"Ma come…?" si lasciò scappare Lil.

La sacerdotessa non rispose e scese per gli scalini del Tempio, finché i passi non affondarono nella neve. Il sole splendeva nel cielo e l'aria gelida pizzicava la pelle. Lil rimase davanti all'ingresso a osservare il movimento di Miril.

Con grande cura, la sacerdotessa scavò nella neve in più punti e trovò ciò che stava cercando: una macchia di sangue negli strati inferiori di neve. Sì, lì era caduto un corpo.

Ma dove è finito?

Si guardò intorno con circospezione, come se qualcuno o qualcosa dovesse sbucare dagli alberi. Il bosco appariva tranquillo. La nevicata aveva cancellato ogni cosa dell'orrore del giorno prima.

"Miril, dove sono finiti i corpi?" domandò Lil, piagnucolando.

Quell'irreale distesa di bianco candido era ancora più inquietante di quello che si sarebbe aspettata.

"Non lo so" le rispose Miril, avvicinandosi. "Vieni, rientriamo nel Tempio."

Chiudendo il portone, le due donne si sentirono immediatamente più sicure.

Ma non è questo legno che ci protegge, rifletté Miril. Appena sveglia, aveva rinnovato tutti gli incantesimi di protezione. No, le forze oscure non potevano raggiungerle in quel luogo.

"Miril, quelle schegge che cadevano dal cielo, che cos'erano?"

"Non posso ancora dirtelo. Mi dispiace. Non ho ancora avuto il tempo di avviare le mie ricerche."

"E i corpi? Dove sono finiti i corpi della nostra gente?"

Miril scosse il capo.

"Lil, non lo so."

È la sacerdotessa, come è possibile che non lo sappia?

Miril si rese conto della tensione negli occhi della ragazza. La guardò con dolcezza, accostandosi a lei, e le prese le mani. Lil si irrigidì.

"Lo scopriremo. Capiremo cosa è successo, abbi fede. Se gli dèi hanno voluto che ci salvassimo, esiste sicuramente un motivo. Ora tranquillizzati. Qui, in questo Tempio, nessuno può farci del male."

Lil non sembrò convinta.

Dovremo uscire da qui, prima o poi. Dovremo procurarci del cibo, andare a caccia, andare a recuperare le nostre cose. E ciò che ha ucciso gli altri sarà libero di fare la stessa cosa con noi.

Miril esaminò il viso preoccupato di Lil. Le lasciò le mani per passarle le dita prima sui fianchi, poi dietro la schiena. Il corpo di Lil si contrasse ancora di più. Miril l'abbracciò. Lil avrebbe voluto cedere a quell'abbraccio, ma non ce la fece. Era la sua sacerdotessa. In tanti anni non le aveva mai neppure rivolto la parola.

Miril si allontanò. "Ora va' a vedere come sta tuo marito. È possibile che a breve riprenda conoscenza."

Capitolo 6

"Sono tutti morti?"

"Sì, mio Signore. Il rito è compiuto. Abbiamo eseguito i vostri ordini."

Beanor provò un profondo senso di soddisfazione. Si alzò dal trono e andò alla finestra, da dove osservò il mare, quasi potesse vedere la lontana isola.

"Sai, vero, che nessuno doveva rimanere in vita?"

"Naturalmente, mio Signore. I vostri ordini sono stati molto chiari. Gli elementi che abbiamo scatenato non possono aver risparmiato nessuno."

"E se così non fosse, sai, mago, che dovrai pagare con la tua vita?"

Aldin deglutì. Non era raro che chi non accontentava il re dovesse pagare il prezzo più caro.

Beanor continuava a mirare in lontananza. Un ghigno si fece strada tra le sue labbra. *Tutti morti*. Era la fine. La forza che li aveva tenuti confinati su quelle terre era stata finalmente spezzata. Ora avrebbero potuto imbarcarsi sulle navi, solcare i mari, esplorare nuove terre. Avrebbero potuto percorrere le rotte indicate dalle antiche mappe, dopo più di due millenni di immobilità.

La pelliccia gli copriva le spalle. L'aria gelida non aveva effetto sul suo torso nudo. Il capo era calvo nella sommità, e i lunghi capelli della nuca e dei lati erano raccolti in una coda. Beanor portò una mano sull'elsa. Se mai quel mago avesse sbagliato ancora una volta, se lui avesse perduto altre imbarcazioni nel tentativo di superare la barriera, non l'avrebbe ucciso. Oh no. Lo avrebbe torturato per anni, poi guarito, poi torturato ancora. Lo avrebbe ridotto a una larva umana e fatto marcire a lungo nelle prigioni, come coloro che avevano fallito prima di lui.

"Benissimo, mago. Ora che la forza della maledizione e la barriera sono cadute, chiamerò i generali perché preparino le navi da guerra. Non possiamo sapere chi troveremo sulle nuove terre."

E io sarò su una di quelle navi. E, se gli dèi me lo concederanno, in queste terre non tornerò mai più, meditò il mago Aldin.

Capitolo 7

Gli aromi invadevano l'aria intorno al fuoco sacro. La sacerdotessa Miril era seduta su un cuscino; fissava il fuoco. Lil, stremata, dormiva nella stanza vicino all'ingresso. Bashinoir non si era ancora risvegliato. Dopo un giorno di cure, la sua salute sembrava essere sotto controllo. Le sue energie vitali apparivano più forti.

Miril chiuse gli occhi. L'immagine del fuoco continuò a bruciare nella sua mente. Lentamente, il contatto con il proprio corpo fisico diminuì. Il fuoco avvolse tutto il suo essere. La sacerdotessa non era più altro che fiamme. Iniziò a sentirsi levitare, in alto, sempre più in alto, finché non vide il suo corpo seduto in meditazione sul pavimento. Poi rivolse lo sguardo verso l'alto. Salì ancora, superò la volta del tempio, e si librò nell'aria. Le correnti gelide non avevano effetto sul suo spirito. Guardò in alto e la luce delle stelle la fece sentire ancora più vicina agli dèi.

Continuò ad ascendere, finché l'isola non fu che un puntino, giù in basso. Immaginò di essere un falco e si gettò in picchiata verso il bosco. Poi, prima di raggiungere le chiome degli alberi, virò e riprese quota. Volò sui boschi, sulle montagne. Si mosse a spirale e scrutò ogni angolo con la vista acuta dell'uccello. Nulla. Non intravide nessun corpo sull'isola. Abbandonò il senso della vista e si affidò ad altre percezioni. Quelle anime, a un giorno dalla morte, dovevano ancora avere un collegamento con il corpo fisico. Provò a distinguerne la presenza, senza tuttavia riuscire a cogliere nulla.

Allora si immerse nelle acque intorno all'isola, calandosi fin nelle profondità. Se non erano sulla terra, per qualche motivo che avrebbe dovuto scoprire, non potevano che essere nel mare. Si mosse sui fondali, esplorando le grotte sottomarine. Non c'era traccia né dei resti né delle anime.

Una lacrima le scese sulla guancia, poi il suo spirito venne velocemente richiamato dal corpo. Ripreso il possesso delle sue membra, si fece consolare dal calore della fiamma, che le accarezzò il viso, e ringraziò gli dèi per i poteri che le erano stati concessi.

Era suo dovere proteggerli. Avrebbe dovuto prendersi cura di quel popolo, dei suoi figli. Per questo era nata. A questo era stata preparata. Anni di sofferenze, studi e riti. Aveva l'impressione di non aver mai vissuto veramente. Aveva dedicato ogni attimo della propria esistenza allo studio e alla pratica della magia. Per cosa? I suoi incantesimi avrebbero dovuto celare l'isola agli occhi delle forze oscure.

Eppure, erano stati trovati. Aveva percepito l'influsso magico proveniente dal Nord pochi attimi prima che la pioggia di schegge irrompesse sull'isola. Era uscita di corsa, per avvertirli, per chiamare tutti nel tempio, perché almeno tra quelle mura potessero trovare protezione.

Ma non aveva fatto in tempo. Le parole le erano morte in gola. Li aveva visti cadere come foglie. Alcuni erano stati dilaniati mentre correvano in cerca del rifugio del Tempio, cadendo con lo sguardo, implorante salvezza, rivolto a lei.

Solo Bashinoir e Lil ce l'avevano fatta. Era stato come se avessero danzato sotto quella pioggia, come se ogni scheggia fosse piombata casualmente o poco davanti o poco dietro i loro passi. Quando i due erano entrati nell'edificio, fuori non era rimasta che un'unica distesa di corpi inanimati. Aveva allargato la sua percezione per cercare un segno vitale in quella moltitudine di cadaveri, ma nulla. Incrociando lo sguardo di Bashinoir, aveva letto nell'uomo la sua stessa consapevolezza: nessuno si era salvato. Se fossero sopravvissuti, se la sarebbero dovuti cavare da soli.

Miril si mise in piedi. Avrebbe voluto dirigersi verso i suoi appartamenti, ma poi decise di tornare sui suoi passi per raggiungere Lil e Bashinoir.

Li trovò entrambi profondamente addormentati. Il respiro di Lil era così lieve da sembrare quello di una bambina. Quella notte, la donna non era scossa dagli incubi. Le si avvicinò e la accarezzò dolcemente. Sollevò la pelle che la ricopriva e le si adagiò a fianco. Sfinita per le energie impiegate durante il rito, abbracciò la ragazza e si lasciò cullare dalla dolce sensazione.

Dormire vicino a un altro corpo umano. Prima di quelle due notti, non le era mai capitato.

Capitolo 8

Il mago Aldin attendeva che il ragazzo, appena uscito dalla locanda, svoltasse l'angolo. Ascoltava attentamente il rumore dei passi barcollanti. Il giovane entrò nel vicolo senza accorgersi dell'ombra acquattata nell'oscurità. Aldin si lasciò superare e balzò in piedi. Lo agguantò da dietro e, con un movimento secco, gli ruotò la testa verso destra. Il ragazzo cadde sulle ginocchia, ma Aldin si affrettò a sorreggere il corpo.

"Eh no, non devi sporcare il tuo bel vestito da soldato." Lo trascinò, tirandolo per le spalle, per qualche metro. Lo appoggiò al muro e controllò ancora una volta che non ci fosse nessuno nel vicolo, quindi estrasse una chiave dalla tasca e, aperto un portoncino in legno, lo attraversò trascinandosi dietro il cadavere.

Chinatosi sul ragazzo, gli strappò via un capello per infilarlo in una fiala viola luminescente, appoggiata sul tavolo. Pronunciò le parole dell'incantesimo e attese. Trascorsero diversi minuti avvolti nel silenzio, mentre Aldin osservava il fluido nella boccetta girare e gorgogliare. Quindi, una lieve striscia di fumo fuoriuscì dalla fiala, crescendo ad altezza uomo per espandersi poi fino all'altezza del pavimento. Le volute di fumo si avvolsero su sé stesse in aria, divenendo via via più dense, assumendo consistenza e mutando di colore, dal grigio a un pallido rosa. Piedi, caviglie, gambe, bacino, torace, braccia, coda e infine una testa umana si delinearono a poco a poco. I lineamenti divennero sempre più marcati e poi fu la volta dei peli e dei capelli.

Aldin gettò un'occhiata al soldato morto. Il simulacro fluttuante dinanzi a lui aveva le stesse sembianze. *Ma è ancora privo di un'anima.*

Il mago balzò in avanti come se si lanciasse in una pozza d'acqua termale.

Avvertì subito la forza possente della muscolatura, le membra giovani e forti, le gambe salde e ben piantate, la vista chiara e l'udito acuto.

Corse allo specchio e si esaltò per l'immagine che vide riflessa. *Bravo, Aldin. Ora sei proprio un bel soldatino...*

Si chinò sul cadavere. Dopo averlo svestito, lo trascinò fino alla fornace nella stanza a fianco. Lo issò fino all'imboccatura e lo spinse dentro. Le fiamme avvamparono. *Bene, bene.* Si spogliò e gettò nel fuoco anche i propri abiti. Tornato nell'altra stanza, indossò l'uniforme. Sentendone l'odore, arricciò il naso. *Non sarebbe male se questi soldati amassero un po' di più il sapone, ma non è il momento di essere troppo esigenti.*

All'alba, Aldin salì insieme agli altri soldati sull'antica nave da guerra. Una volta nella sua branda, si sfregò le mani. Non stava nella pelle all'idea di essere tra i primi ad abbandonare quelle terre.

La libertà!

Finalmente era un mago libero di viaggiare nelle terre del mondo, e non soggiogato al servizio di quel pazzo omicida del sovrano. *Qualche giorno di viaggio e poi...*

La nave salpò. Soldati e marinai salutarono i loro cari sul molo. C'era commozione nell'aria. Quegli uomini erano i primi a lasciare quella terra dopo così tanto tempo. Il vento gelido non sembrava smorzare la determinazione delle ragazze, decise a rubare l'ultima immagine dei loro uomini affacciati sul ponte della nave.

Aldin notò che una in particolare si sbracciava scrutando nella sua direzione. Si guardò intorno, ma i soldati accanto erano tutti rivolti altrove. Quando le indirizzò uno sguardo incerto, lei parve quasi arrabbiata. Poi la commozione ebbe il sopravvento: "Ti aspetterò!" gli urlò, cercando di sovrastare la ressa di voci e saluti. "Torna presto e portami un regalo dalle terre del Sud."

Aldin sogghignò dentro di sé. Alzata una mano in segno di saluto, si sforzò di sorriderle.

Dopo due ore di navigazione con il vento in poppa, i marinai erano poco indaffarati e i soldati per lo più chiacchieravano e bevevano.

"Ci siamo!" annunciò la vedetta. A un miglio di distanza c'era Tridis. Era poco più di uno scoglio ma, da più di due millenni, a nessuna nave era concesso di superare quel limite invalicabile.

Il capitano passeggiava avanti e indietro sul ponte alto con le mani incrociate dietro la schiena.

"Ci siamo," ripeté a sua volta. Marinai e soldati erano tutti sul ponte, occhi puntati verso lo scoglio sempre più vicino.

"E se quel mago di corte si fosse sbagliato? Se la barriera non fosse davvero caduta?" domandò sommessamente un marinaio.

"Cosa dici, coglione? Non si possono mica fare errori di questo tipo" gli rispose un altro.

"Sì, ma... il vecchio mago li ha fatti. E delle altre due navi il mare non ha restituito altro che qualche asse di legno" continuò il primo.

"Brutto figlio di una cagna, stai cercando di portarci rogna?" lo accusò l'altro, avventandosi con il pugno alzato su di lui.

Aldin si frappose tra i due: "Andrà tutto bene, non preoccupatevi. Il vecchio mago era solo un ubriacone, e per questo il nostro sovrano l'ha punito adeguatamente."

I due soldati lo fissarono sospettosi, ma tacquero e si girarono per riprendere a guardare, come tutti gli altri, l'avvicinarsi dello scoglio.

In prossimità di Tridis, il capitano ordinò di ammainare le vele e gettare l'ancora. Furono calate tre scialuppe con sei marinai e un timoniere su ciascuna di esse. Il mare era poco mosso e le imbarcazioni si diressero verso sud, saltando agevolmente sulle onde.

Sulla nave si poteva udire solo il rumore delle onde che si infrangevano sugli scogli e i versi dei gabbiani che volavano alti, per poi tuffarsi nell'acqua alla ricerca di cibo.

Le scialuppe diventavano sempre più piccole. *Un miglio,* contava Aldin. *Due miglia!*, calcolò più tardi. Un'incontenibile esultanza spazzò via ogni cupo pensiero. *La barriera non c'è più. Ho posto fine al nostro isolamento durato duemila anni. E presto sarò libero!* Avrebbe voluto saltare di gioia e abbracciare gli altri marinai che, tuttavia, rimanevano con il fiato sospeso.

Quando le scialuppe furono a più di tre miglia di distanza dalla nave, il capitano fece un segno alla vedetta, che suonò il corno. L'esplosione di gioia coinvolse l'intero equipaggio. Per pochi minuti, saltarono tutte le gerarchie, scomparvero le inimicizie, si affievolirono i contrasti. Ufficiali, marinai e soldati si abbracciarono e festeggiarono come un unico uomo, con grida possenti che si levarono verso il cielo. Persino i versi degli uccelli in volo sembrarono unirsi alla festa. Nei gesti di sconsiderata baldoria, tre uomini finirono fuori bordo, presto recuperati dai compagni. Fu persino udito un timido coro che inneggiava al successo di re Beanor. Il suo popolo aveva riconquistato la libertà di solcare i mari.

Infine, i ranghi si ricomposero e il capitano diede ordine di issare le vele. La nave parve volare sulle onde. Tre miglia più in là, uomini e scialuppe mandati in avanscoperta furono recuperati e la corsa a vele spiegate riprese verso sud.

Trascorse qualche ora di gaia navigazione prima che il bompresso, l'albero inclinato a prua, cedesse di schianto. Poi fu la polena a essere schiacciata da una forza invisibile.

Il rumore del legno rotto trovò eco nel cuore degli uomini. La prua iniziò ad andare in frantumi. La nave, sospinta dal vento impetuoso, collassò contro la barriera invisibile. Soldati e marinai si accalcarono a poppa. Alcuni si tuffarono in acqua. Il mozzicone della nave ancora a galla cominciò rapidamente a inabissarsi, portando con sé gli uomini che ancora resistevano abbracciati alla balaustra.

Aldin era nell'acqua. Provò a fare degli incantesimi che lo mantenessero in vita dandogli calore. Ma dalle labbra ghiacciate non fuoriuscirono parole. Si aggrappò a un pezzo di legno. Guardò intorno a sé: le urla e le richieste di aiuto avevano smesso di levarsi al cielo. L'acqua era punteggiata di inanimati oggetti galleggianti, che poco prima erano esseri umani.

Li ha uccisi il mio fallimento?, si chiese poco prima che il suo cuore smettesse di battere.

Capitolo 9

Re Beanor versava del vino tra i seni della ragazza che giaceva al suo fianco nel gigantesco letto. Il liquido scivolò verso l'ombelico e Beanor si avventò a leccarlo. *Presto il vino non sarà più un lusso per pochi eletti. Faremo crescere le vigne in terre più calde. E ne avremo in abbondanza.*

Con la lingua, risalì fino all'altezza dei seni. Chiuse le labbra sui capezzoli e li assaporò come fossero frutti dolcissimi. Quelli che su quella terra maledetta quasi non crescevano. Si gettò sulle labbra della fanciulla e gliele morse fino a quando lei provò ad allontanarsi.

"Maestà..." protestò la giovane.

"Ti ho fatto male? Puttanella!" la insultò lui di rimando.

"No, Maestà, affatto. Continuate, vi prego" lo esortò la ragazza intimorita, porgendogli le labbra sanguinanti.

Beanor si precipitò a succhiare le gocce di sangue. Chiuse gli occhi, inebriato dal gusto.

Bussarono alla porta.

"Chi è? Non sapete che sono impegnato?" urlò con voce roca.

"Maestà, ho un messaggio urgente."

È Tuirl, quell'inetto del mio consigliere!

Beanor scese dal letto e si infilò un paio di pantaloni.

"Entrate!"

La prostituta, coprendosi con un lenzuolo, cercò di sgattaiolare via da una porta di servizio.

"Dove credi di andare? Pensi che abbia già finito con te? Mettiti sotto le coperte e cerca di farti trovare ben calda, sgualdrina."

Lei obbedì senza fiatare.

Tuirl abbassò lo sguardo, visibilmente imbarazzato.

"Allora, parlate! O volete aspettare che il mio cazzo si ammosci del tutto?"

"Maestà, sulla spiaggia sono stati rinvenuti diversi pezzi della nave salpata tre giorni fa," comunicò Tuirl tutto d'un fiato.

Beanor, diventato subito paonazzo, esternò un urlo dirompente che sembrò scuotere le mura del palazzo.

Tuirl e la ragazza lo guardarono terrorizzati. Beanor si avventò sui candelieri, scagliandoli a terra. Poi prese la spada, fendendo colpi a tutto quello che lo circondava. Arazzi, tendaggi, suppellettili, ogni cosa cedette sotto l'impeto della sua furia. Si fermò un attimo, stremato.

Con gli occhi carichi d'odio e iniettati di sangue, fissò Tuirl. Fece un passo verso di lui, che indietreggiò.

No, ho bisogno di questo deficiente.

Si voltò e, a larghe falcate, raggiunse il letto. Alzò la spada fin sopra la propria testa e la abbatté con tutta la forza, penetrando fino al legno sotto il materasso per diversi centimetri. Un taglio netto, preciso, pulito. La testa della ragazza rotolò sul pavimento.

Capitolo 10

Beanor sedeva sul trono, con le dita che tamburellavano nervose sul bracciolo.

Tuirl era di fronte a lui. Anziano, quasi calvo a eccezione di qualche capello bianco e corto, stava subendo l'ennesima sfuriata del sovrano.

"Dunque, di grazia, consigliere, potreste farmi capire meglio cosa mi state suggerendo, prima che vi faccia gettare nelle segrete del palazzo?"

"Maestà, il mago di corte, Aldin, è scomparso. Non c'è nulla che ne giustifichi l'assenza, se non la sua partenza insieme all'equipaggio della nave."

"Quel bastardo!" esplose Beanor, paonazzo in viso. "Ma come può aver osato imbarcarsi senza la mia autorizzazione?"

"Maestà, in caso di insuccesso, quali prospettive l'avrebbero atteso? Sapeva a cosa sarebbe andato incontro. Poiché era ragionevolmente sicuro dell'efficacia della sua azione magica, avrà deciso che la scelta migliore fosse partire."

"Quel cane, mago da strapazzo, inutile pezzo di merda! Come ha osato sottrarsi al mio volere?"

Tuirl attese pazientemente che la sfuriata del sovrano giungesse al termine.

"Allora, parlate, per gli Dèi! Dovremo rimanere confinati per l'eternità in queste terre gelide?"

"Purtroppo, con la dipartita di Aldin, l'unico mago rimasto a corte è il giovane Ilis, l'apprendista, il quale non ha avuto il tempo necessario per completare il proprio percorso di conoscenza. Tuttavia..." Tuirl fece una pausa, timoroso che quanto stesse per dire potesse far nuovamente avvampare la collera del suo interlocutore. "Tuttavia, Ilis potrebbe maturare con gli insegnamenti del mago anziano!"

Beanor deflagrò in un nuovo urlo, le vene del collo sembrarono scoppiare: "Consigliere! Ma siete totalmente impazzito? Ho fatto rinchiudere quell'uomo vent'anni fa, dopo il suo fallimento che mi è costato ben tre navi, e l'ho tenuto in vita solo per continuare a torturarlo. Come credete che potrebbe esserci d'aiuto?"

"Maestà, cercate di capire: o lui o niente! Avrà anche fatto un tragico errore, ma è l'ultima possibilità che ci rimane!", spiegò Tuirl, buttando fuori le parole tutto d'un fiato.

Beanor scattò per avventarsi contro il consigliere, che abbassò il capo, cercando riparo dai modi maneschi del sovrano. Anziché malmenarlo, il re si placò all'ultimo momento e gli sussurrò nell'orecchio: "Voi sapete che l'unico motivo per cui vi risparmio la vita è la promessa fatta a mio padre. Andate a prendere quel lurido merdoso. Se qualcosa andrà storto, neppure lo spirito di papà riuscirà a salvarvi la vita."

"Come desiderate, Maestà" concluse Tuirl, girandosi velocemente per uscire dalla sala del trono.

Capitolo 11

Quando Tuirl entrò nella cella semibuia, non riuscì a individuare all'interno nessun essere umano. Sopraffatto dall'olezzo insopportabile, fu costretto ad arretrare di diversi passi. Un gemito in un angolo richiamò la sua attenzione: “Obolil, siete voi?”

Quello che gli rispose, più che una voce, fu uno stentato sussurro appena udibile, quasi fosse appartenuto a uno spirito: “La p... porta. Chi... chiudetela. La luce... mi... acceca.”

“Oh, perdonate.”

Gli occhi di Tuirl si abituarono alla semioscurità. Il pavimento era coperto di escrementi e cibo ammuffito. *Non posso resistere.* Sentendosi mancare, Tuirl tornò subito sui suoi passi. Fuori dalla cella ordinò alle guardie di andare a recuperare il vecchio mago Obolil.

Quello che apparve sulla soglia, sorretto dai due soldati, era solo la parvenza di uomo: pelle e ossa, la bocca priva di denti, le labbra corrose, i capelli lerci, lunghi fino alle ginocchia, completamente nudo.

“E... eri mio amico” biascicò il mago. “E hai lasciato che mi facesse... questo.”

Nel proprio ufficio, Tuirl sedeva di fronte a Obolil. Aveva ordinato che gli fossero tagliati capelli e barba, che fosse lavato e ripulito e che gli fosse dato un pasto caldo. Ma l'uomo che gli stava di fronte continuava a essere un lontano ricordo del mago rinchiuso in una cella dal sovrano vent'anni prima. A stento Obolil si reggeva al bracciolo destro della sedia.

Ma a rompere l'imbarazzante silenzio fu proprio il vecchio mago: "Immagino sia andata male l'ultima spedizione."

"E tu cosa ne sai?" replicò freddamente il consigliere.

"Non occorre essere dei maghi... le guardie chiacchierano. E negli ultimi tempi, non hanno quasi parlato d'altro.” Tacque, per poi riprendere: “Così, pensavate che quell'incapace di Aldin arrivasse dove io ho fallito?" Il viso di Obolil sembrava voler sorridere, ma ne risultò solo una smorfia di dolore che fece rabbrividire Tuirl.

"Aldin era sicuro di aver individuato gli incantesimi giusti per rompere la barriera. Ha convinto il sovrano a investire molto sulla ricerca di minerali quasi impossibili da trovare in queste terre. Per anni, gli uomini hanno scavato nella neve e nel ghiaccio. Infine, quando tutto era pronto, i riti sono stati compiuti. Subito dopo, Aldin ha affermato di avere prove inconfutabili della caduta della barriera, avendo viaggiato in astrale fino alle terre del Sud. Così il re ha inviato una prima nave in ricognizione."

"E alla fine, mio bravo consigliere, tutto quello che avete ottenuto è stato qualche asse di legno che le correnti hanno spinto fin sulle nostre rive. Non è così?"

Tuirl rabbrividì ripensando allo scoppio di ira del Sovrano quando aveva dovuto annunciargli la brutta notizia.

"Il re ama dare ascolto a chi gli dice quello che vuol sentirsi dire", continuò il vecchio mago, fissando Tuirl. "Dunque, consigliere," continuò, "cosa ti ha portato per la prima volta in vent'anni a far visita alla mia cella?"

Non si presterà mai, dubitò Tuirl, *ma è l'ultima carta che possiamo giocarci.*

"Il re ti ordina di riprendere le tue mansioni a corte."

La risposta di Obolil fu una serie di sussulti convulsi. Il consigliere non capì se si trattasse di un problema fisico o se, a suo modo, Obolil stesse ridendo.

"Io, a corte, agli ordini di quell'essere? Tuirl, sembra che queste decadi abbiano fatto male più a te che a me."

"Io credo, Obolil, che ti convenga accettare. È un ordine. E se non ti sottometterai, il sovrano ordinerà che riprendano le torture dei primi tempi."

Ancora sussulti e singhiozzi: "Credi che siano mai smesse?"

Non ha più nulla da perdere e non vuole più vivere. Così non otterrò nulla.

"Rientrerai in possesso del tuo laboratorio, della tua biblioteca, di ogni oggetto, magico e non, del quale sei stato privato."

Per la prima volta, Obolil alzò il capo, aprì le palpebre e guardò il volto di Tuirl con entrambi gli occhi.

"Tutto quanto?" chiese.

"Ogni cosa."

"E in cambio?"

"Dovrai formare l'apprendista, Ilis, assicurandoti che le conoscenze magiche di questo popolo non vadano perse. Dovrai consentirgli di acquisire i poteri necessari per tentare, a sua volta, di aprire la barriera. Lui deve aver successo dove voi avete fallito."

Il capo di Obolil tornò a ciondolare. Scuotendo la testa, dalla bocca gli uscì della bava, che colò sul pavimento. Ghignando, annunciò: "Accetto!"

Capitolo 12

“È stata una mossa sleale!” protesta Ili stringendo i pugni, rosso in viso. A piedi nudi si allontana sull'erba rasata del prato.

L'espressione sorridente di Nal muta in preoccupazione.

“Dai, Ili, vieni a giocare. Non è vero, era solo una buona mossa!”

Ili si gira; i riccioloni biondi vanno a coprirgli il viso. “No, hai detto che non lo avresti fatto! Ora vado a dirlo al padre!”

Nal si alza in piedi. La finestra universale sollevata a mezzo metro di altezza, su cui i due bimbi stavano giocando, si arrotola elegantemente su sé stessa e va a depositarsi sull'anello della bambina, che raggiunge il fratello. Lui la guarda scontroso.

“Ili, ti sei distratto. Eri immerso nei loro sentimenti e hai perso di vista le protezioni. Ma non è finita.”

“Lo sai quanto ci tenevo a quel matrimonio!” esclama Ili. Una lacrima gli riga il viso.

“Lo so, ma devi imparare che, anche quando siamo emozionati, non possiamo perdere di vista il resto.” La bambina porge al fratellino la mano.

“A volte vorrei dar loro un mondo come questo: una bella terra, gli alberi, gli uccellini che cantano” dice, guardandosi intorno.

“Anche io, lo sai. Ma il gioco ha le sue regole. Ancora un po'?”

“Va bene,” risponde il bambino, sedendosi a gambe incrociate sull'erba.

La sorella lo imita.

La finestra universale si srotola tra di loro. Al centro, la luce riflessa di un pianeta azzurro brilla più forte di tutte le altre stelle. Nal la sfiora con il pensiero.

Capitolo 13

Il fuoco era spento. Dalle braci si sollevava un esile rivolo di fumo. Il locale era inondato di luce. Lil aprì gli occhi e si accorse che il braccio della sacerdotessa era appoggiato sul suo petto. Miril dormiva ancora profondamente. Poiché doveva raggiungere la latrina, provò con delicatezza a sollevarglielo. Miril sbuffò e schiuse gli occhi. Subito sul suo volto si fece largo un bel sorriso.

Cosa la rende tanto felice?, si domandò perplessa Lil.

"Buongiorno, Lil" esordì, senza sollevare il braccio.

"Buongiorno, Miril."

Quell'eccessiva vicinanza rese Lil un po' inquieta.

Ma dov'era ieri notte?

Lil si era svegliata diverse volte durante il sonno, senza mai trovarla.

"Pensavo avessi dormito nei tuoi appartamenti la scorsa notte" commentò, pentendosi subito della sua sfacciataggine. Inoltre dare del *tu* alla sacerdotessa le costava ancora un certo sforzo.

"No, mi sono solo attardata a fare qualche ricerca" le spiegò Miril in tono serio e un po' assente. Improvvisamente apparve persa in qualche pensiero lontano.

Miril non poteva che aver dormito poche ore, eppure non sembrava affatto stanca. Persino i capelli erano in ordine. Era bella come sempre, con lo sguardo intenso dei suoi occhi verdi e la lunga chioma castano chiara che le scendeva sulla schiena.

La vita per tutti loro, sull'isola, era sempre stata dura. Lil si chiese come dovesse sentirsi una donna senza la compagnia intima di un uomo.

Un gemito di Bashinoir la distolse dai propri pensieri.

"Andiamo a vedere come sta" la esortò Miril dolcemente.

Era ancora addormentato. Il sonno sembrava tranquillo.

Le due donne controllarono la ferita al polpaccio. Lil quasi non riuscì a credere ai suoi occhi: la ferita, benché molto profonda, aveva un ottimo aspetto.

Miril le sorrise: "Ho solo usato gli unguenti adatti."

Lil attendeva con ansia il risveglio di suo marito. Voleva tornare ad abbracciarlo, a rannicchiarsi tra le sue braccia, a dormire insieme a lui. Ripensando a quanto ultimamente amasse stuzzicarlo per renderlo geloso, si sentì in colpa. *Ma ora non potrò che essere sua, nel corpo e nell'anima,* rifletté amaramente.

"Credo che, trascorsa qualche altra ora, ci sia la possibilità che Bashinoir si risvegli" le annunciò Miril.

"Miril, nelle tue ricerche hai scoperto qualcosa?" le domandò Lil, stupita per il proprio coraggio.

La sacerdotessa scosse la testa. "Mi dispiace, Lil." Non credeva che la ragazza potesse comprendere il viaggio astrale, tuttavia provò a spiegare: "In astrale ho cercato i corpi e le loro anime per tutta l'isola, ma non ne ho trovato traccia. Ho persino scandagliato i fondali marini, e neppure lì ho avuto fortuna."

Per tutta l'isola? In fondo al mare? Cosa intende?

La giovane avrebbe voluto saperne di più, ma le risultava terribilmente difficile rivolgersi a quella donna.

Per fortuna, Miril le venne incontro: "Non devi preoccuparti se non riesci a comprendere appieno il significato delle mie parole. Ti aiuterò in questo: ci sono molte cose che avrai la possibilità di apprendere. Ora vieni con me, andiamo a prepararci la colazione. C'è una cosa molto importante di cui ti devo parlare, ed è meglio non perdere tempo."

E soprattutto, rifletté Miril, *con Bashinoir addormentato, Lil potrà decidere più liberamente.*

Miril e Lil erano sedute al tavolo della sala da pranzo del Tempio. Per la prima volta, dopo gli eventi tragici dei due giorni precedenti, si erano finalmente preparate una vera colazione, quanto di meglio potesse offrire l'isola. Tuttavia, avevano preso il meno possibile: non sapevano quando Bashinoir si sarebbe svegliato per riprendere le attività abituali e, nei giorni successivi, il cibo avrebbe potuto iniziare a scarseggiare.

Mentre mangiava, le guance di Lil finalmente riprendevano tono. I suoi occhi neri si spostavano da una pietanza all'altra: Lil non si era mai trovata di fronte a una colazione così ricca. Le abitudini culinarie della gente del popolo non si avvicinavano neppure lontanamente a quelle della classe sacerdotale, alla quale veniva donato il meglio di ogni cibo, in quantità più che abbondanti per le esigenze.

Miril lasciò che Lil mangiasse tranquillamente senza disturbarla, poi, quando le parve sazia, si decise ad affrontare l'argomento che le stava tanto a cuore: “Lil, mia cara, siamo rimasti in tre su quest'isola. Non abbiamo idea di cosa abbia scatenato gli eventi infausti di due giorni fa, ma noi siamo vivi e dobbiamo preoccuparci di fare del nostro meglio per portare avanti quest'esistenza nel migliore dei modi.”

Lil fu sorpresa dalla serietà del discorso e ascoltò attentamente ogni parola. L'espressione della sacerdotessa rimase comunque molto dolce. Ebbe l’impressione che, finalmente, le stesse per rivelare qualcosa di importante.

“Come sai,” proseguì Miril, “sfortunatamente anche il sacerdote ci ha lasciati. Se fossi stata io a officiare il matrimonio, lui avrebbe avuto la possibilità di salvarsi, ma così non è stato.” Miril si mostrò sinceramente dispiaciuta per la morte del sacerdote, benché questo avesse rappresentato la sua salvezza.

“Avrai notato che, in tutti questi anni, io e il sacerdote non siamo mai usciti insieme dal tempio. Esistono degli equilibri energetici molto importanti. Da quando il nostro popolo ha raggiunto quest'isola, la classe sacerdotale ha sempre avuto come primo obiettivo la protezione di tutti gli abitanti. Perché ciò avvenga, i sacerdoti devono sempre essere almeno in due. Ad entrambi sono impartiti gli stessi insegnamenti, in modo che possano lavorare all'unisono e in simbiosi per il compimento dei rituali necessari, primi fra tutti gli incantesimi di protezione.”

Lil in realtà aveva sempre dato per scontato la presenza del sacerdote e della sacerdotessa senza mai interrogarsi sul perché fossero in due.

“Sai come viene scelto un nuovo sacerdote, vero?”

Oh sì, che lo so. Per una famiglia avere un figlio che venisse scelto per la vita sacerdotale era l'onore più grande. Non solo il destino di quell'infante sarebbe cambiato per sempre, ma la posizione dell'intera famiglia sarebbe salita ai massimi livelli della scala gerarchica dell'isola, e il capofamiglia sarebbe stato ammesso tra gli Anziani.

“Certo. Voi sacerdoti, in occasione della nascita di ogni neonato, venite a incontrarlo nelle prime ore di vita e decidete se potrà diventare uno di voi.”

Miril pensò a un modo per rendere le sue spiegazioni comprensibili alla ragazza. “Vedi, Lil, ogni bambino possiede una propria carica energetica, un'eredità e una predisposizione che lo rendono più o meno adatto a essere investito dei grandi poteri e delle responsabilità della vita sacerdotale. Diventare sacerdoti non è solo un grande onore, ma è soprattutto un pesante fardello. La vita di tutti gli abitanti dell'isola dipende in primis dalle protezioni magiche. Se i sacerdoti dovessero fallire nei propri compiti, le conseguenze potrebbero essere molto pesanti."

Ma allora è colpa loro se... iniziò a chiedersi Lil.

Ancora una volta, sembrò che Miril potesse leggerle nel pensiero: "Lil, posso assicurarti che né io né il sacerdote ci siamo mai distratti. Quanto è accaduto non può essere in nessun modo collegato alle nostre mancanze. La causa dev'essere un'altra e, in un modo o nell'altro, riuscirò a scoprirla."

Era un desiderio di vendetta quello che Lil scorgeva negli occhi di Miril?

"Ad ogni modo, Lil, nei prossimi giorni ci saranno molte incombenze delle quali dovremo preoccuparci, tra le quali procurarci il cibo, riprendere la cura degli animali e delle coltivazioni, controllare le abitazioni di tutti coloro che ci hanno lasciato. Ma la cosa più importante di tutte è che dobbiamo essere certi che le protezioni magiche dell'isola non siano interrotte, mai, per nessun motivo. Perché questo accada, i sacerdoti devono tornare a essere due!"

Bashinoir! Ecco perché si trovavano in quella bella cucina, al calore del focolare, con la tavola imbandita di quelle leccornie. La sacerdotessa le stava dicendo che suo marito sarebbe dovuto diventare un sacerdote. *Ma i sacerdoti... non hanno moglie! Non dormono nel letto con una donna. Si dedicano al tempio, ai riti, alla magia. I legami con la famiglia di origine sono praticamente nulli.* Dunque, quello che la sacerdotessa intendeva era anche che suo marito non sarebbe stato più suo marito.

Lil osservò a occhi spalancati la donna che le sedeva di fronte con una tazza di latte tra le mani. Non poteva fare a meno di provare un moto di gelosia. *Miril è così bella!*

Era di una bellezza fuori dal tempo: alta, regale, con movenze raffinate. Nei riti aveva sempre officiato con naturalezza, quasi fosse una creatura di solo spirito. Anche in quelle occasioni sacre, Lil non riusciva a distogliere gli occhi dall'eleganza dei suoi movimenti, resa ancora più affascinante dai veli bianchi delle tuniche.

No, non è possibile. Mio marito, un rozzo taglialegna. Mai e poi mai Bashinoir potrà intraprendere un simile cammino! E poi, perché Miril ne stava parlando proprio con lei? In fondo, non era mica necessario il suo permesso: sull'isola la parola e il volere dei sacerdoti erano sempre stati la legge. Questo non sarebbe cambiato neppure ora che erano rimasti solo in tre. *O forse Miril sta solo provando a essere gentile con me, chiedendomi con garbo di farmi da parte?*

Per qualche minuto, le due donne rimasero in silenzio. Lil era in preda a mille pensieri. Si portava le dita delle mani in bocca, tormentandosi le unghie. La sacerdotessa, di tanto in tanto, le rivolgeva uno sguardo comprensivo e sorridente.

"Cosa ne pensi?" le domandò Miril.

"Sacerdotessa… cioè, Miril, io… sinceramente non so che dire. Certo, sarà come volete voi, cioè… come vuoi tu. Se credi che Bashinoir debba diventare un sacerdote, io lo accetterò e non gli creerò problemi." Una lacrima si fece largo sul giovane viso di Lil. "Sì, lo accetterò. Sarà come desiderate voi… cioè, come vuoi tu." Nello sconvolgimento, Lil ormai aveva chiaro per quale motivo Miril le stesse dicendo tutto quello: voleva che Bashinoir non avesse distrazioni, voleva che lei, come ex-moglie, lo mettesse nella condizione ideale per avviarsi in quel cammino di spirito.

Miril le sorrise ancora una volta: "Lil, non sarà Bashinoir il nuovo sacerdote. Sarai tu."

Capitolo 14

Il mago Obolil si aggirava nel laboratorio di magia aiutato dal bastone da passeggio. Il suo sguardo era truce. Gli occhi si muovevano senza sosta da un punto all'altro. "Eh, guarda come lo ha ridotto quello stolto di Aldin. Mi chiedo come potesse imparare qualcosa tra tutte queste cianfrusaglie" rantolava.

L'apprendista Ilis era in piedi al centro del locale, imbarazzato, incapace di capire se dovesse parlare, muoversi, sedersi o iniziare a riordinare.

"Nulla. Non ha capito nulla dei miei insegnamenti. Guarda di quali elementi si circondava. E sperava di abbattere la barriera con questi?" disse e, con una manata, liberò il tavolo di un gran numero di oggetti preziosi.

"Butta, butta tutto. Per strada! Non voglio più vedere tutta questa robaccia!"

"Ma maestro..."

Obolil si voltò a guardarlo, gli occhi incorniciati dalle nere orbite, carichi d'ira.

"Parlerai quando sarai interrogato, ragazzo. Ti è sufficientemente chiaro?"

"Naturalmente, maestro," rispose Ilis mentre andava a prendere una ramazza e una paletta per gettare via le *cianfrusaglie.*

Mentre usciva, Obolil gli ordinò: "Poi torna subito qui."

Con rammarico, Ilis gettò per strada ciò che era stato faticosamente raccolto in decenni di ricerca, e rientrò, avvicinandosi al tavolo di fronte al quale Obolil si era nel frattempo seduto.

"Siediti!"

Ilis eseguì l'ordine.

"Dammi le mani."

Obolil prese le mani di Ilis. Il ragazzo dovette reprimere un moto di ribrezzo. La figura del vecchio mago, nonostante avesse trascorso giorni a rifocillarsi e a riprendere energie, metteva ancora paura.

Intorno agli occhi c'era un alone nero. Il viso, le mani, i polsi e ogni parte di pelle visibile erano coperti di cicatrici. Il sopracciglio destro si interrompeva a metà. Le unghie delle mani erano rotte, spezzate o completamente mancanti. Una falange del mignolo sinistro era assente, così come il lobo dell'orecchio destro. Il mago non riusciva a mantenere una postura eretta. Anche da seduto, era così ingobbito da avere la parte superiore del busto quasi parallela al piano del tavolo.

"Eh, ti faccio ribrezzo, vero? Guarda cosa mi ha fatto il nostro caro sovrano! È l'uomo che adesso devo servire. L'uomo che ci domina entrambi, ed è colui che ti ridurrà proprio come me se anche tu non gli darai ciò che chiede." Obolil parlava con una voce bassa e roca, interrotta da frequenti colpi di tosse.

"E a me, ragazzo, potrebbe non rimanere molto. Dunque, se non vuoi fare la mia stessa fine, ti conviene essere molto rapido nell'imparare."

Obolil serrò gli occhi. La palpebra sinistra, tuttavia, rimase socchiusa. Inspirò profondamente, con l'aria che sembrò faticare a entrargli nei polmoni.

"Segui quello che sto facendo anziché guardarmi con quegli occhi terrorizzati."

"Sì, maestro."

Ilis abbassò le palpebre.

Dopo appena qualche secondo, una potente energia iniziò a fluire dalla mano destra a quella sinistra. La sensazione colse impreparato l'apprendista, che accennò a ritirare le mani.

"Neppure fino a questo livello eravate arrivati? Povero Aldin. Se non mi fossi scopato sua madre, sarebbe stato l'ultimo bambino al mondo che avrei scelto come apprendista!"

L'energia fluì con sempre maggiore intensità. Ilis si sentì catapultato in un vortice di emozioni, che gli ispirarono a tratti felicità, paura, puro terrore e gioia.

"Lasciati andare, ragazzo. Non cercare di resistere."

Ilis provò a fare quanto gli venne detto, benché tutto il suo corpo fosse ancora molto rigido.

"Ti ho detto che devi lasciarti andare!" lo rimproverò Obolil, il respiro affannoso. A Ilis sembrò quasi che il mago stesse per perdere i sensi, e tentò di mettere in pratica quanto aveva imparato in quegli anni. Rilassò i muscoli e ripeté mentalmente alcune formule, lasciando andare tutto quanto lo trattenesse. Il vortice di energie salì a un'intensità smisurata. Improvvisamente, Ilis si ritrovò a guardare se stesso dall'alto.

Ma cosa...?

Non l'avevate mai fatto prima?, gli chiese Obolil.

Tu puoi...

Leggere i tuoi pensieri? Naturalmente! Ma solo quando siamo fuori dal corpo.

Ilis si sentì risucchiare in basso.

No, non avere paura. La paura ti impedirà di proseguire...

Maestro, io... non so se sono pronto.

Sciocchezze! Lo decido io se sei pronto o meno.

Cosa desiderate che facciamo?

La voce di Obolil ora era limpida e pulita, le parole si sentivano distintamente. Ilis si accorse di provare rispetto per quella voce.

Hanno torturato il mio corpo, ma non hanno potuto nulla contro il mio spirito.

Ilis nutrì un certo imbarazzo.

Dobbiamo provare a farlo insieme, così raccoglieremo più informazioni. Il problema è l'isola. Aldin avrebbe potuto far scavare buchi nel terreno alla ricerca di minerali preziosi per secoli e non ne avrebbe ricavato nulla. La barriera è sostenuta dai rituali dell'isola.

Ma, maestro, abbiamo impiegato ogni energia per scatenare un cataclisma che sterminasse tutti gli abitanti sull'isola. Il maestro... ehm, Aldin in persona si è assicurato del successo dell'operazione.

Ah sì? Ora lo vedremo. Ora immaginati presso lo scoglio di Tridis, al di qua della barriera.

Ilis ci provò, benché non avesse mai visto quel luogo.

Concentrati. Non devi focalizzare il posto. Pensa semplicemente di essere lì.

D'un tratto, Ilis si ritrovò in alto, sul mare. Centinaia di metri più in basso, uno scoglio era bagnato dal fragore delle onde. Obolil era al suo fianco, incredulo e sorridente.

Quel povero demente di Aldin! Percepisci la barriera?

Ilis non aveva la più pallida idea di come fare.

Non fare quell'espressione triste. Non la percepisci, perché non è più qui. Ma se ti concentri, potresti riuscire a sentirne la debole forza. Seguimi.

Il mago volò in avanti, sulle onde, seguito da Ilis, euforico per l'emozione di potersi librare nell'aria, con il vento e la luce che attraversavano ora la sua essenza.

Obolil si fermò. *E ora?*

È la barriera! È come se di fronte a noi ci fosse un grande muro invisibile.

Bravo. Allora sei meno tonto di quanto immaginassi. Quel ciarlatano di un mago pensava che non ci fosse più la barriera. Povero idiota! Se avesse avuto più talento di un buffone di corte, si sarebbe reso conto che non era scomparsa, ma era solo stata spostata. Ma questa è una buona notizia, perché significa che chi la tiene attiva non ha più le forze per spingerla troppo a Nord. Ilis, non devi mai, per nessun motivo, provare a viaggiare più a sud di questo punto o la barriera annullerà il tuo spirito.

Ma, dopo l'ultimo rito, Aldin aveva affermato di esserci riuscito! Diceva di aver viaggiato fino alle terre del Sud.

Aldin era uno stolto. Probabilmente non è mai neppure riuscito a viaggiare in astrale. Finché ci sono stato io, non ne è mai stato in grado, e dubito che abbia imparato da solo negli anni seguenti. Avrà solo immaginato di averlo fatto. Semplice autoconvinzione. Del resto, se non te lo ha mai insegnato, è perché probabilmente non ne era capace.

Quindi, è questo il motivo per cui è morto su quelle navi? Pensava di aver annullato la barriera e di aver viaggiato verso le terre del Sud, ma non era vero?

Il pensiero fece rabbrividire Ilis. Ricordava con quale orgoglio e fierezza il suo primo maestro gli aveva annunciato di essere riuscito laddove nessun mago, in tutto quel tempo, aveva mai avuto successo. Ma Ilis si sentì anche stringere il cuore per la sorte di quei poveri ragazzi partiti sulle navi. Erano stati selezionati i migliori soldati e marinai del regno. A loro era toccato l'onore di far parte della prima nave che, dopo molto tempo, si sarebbe spinta a toccare nuove terre e incontrare nuove genti. E alcuni di quei ragazzi erano stati suoi amici.

Ora concentrati, ragazzo! Se anche non possiamo superare questa barriera, da questa distanza dovremmo essere in grado di avvertire la presenza di energie sull'isola. Non immaginarti sull'isola, o potresti fare una brutta fine. Cerca piuttosto di percepirne le energie, anche le più recondite.

Ilis non aveva idea di come creare questo collegamento con l'isola. La conosceva ben poco: da Aldin aveva avuto solo qualche nozione di base. Eppure, era certo che almeno una parte del rituale compiuto dal defunto mago avesse avuto successo. Era stato in grado di percepire il movimento del materiale e, subito dopo, il sangue, lo sgomento, le grida, le urla, lo sconvolgimento... e la morte.

La sagoma di Obolil di fronte a lui iniziava a farsi inconsistente. La trasparenza giunse a un livello tale che quasi fu indistinguibile dall'aria circostante. Poi, d'un tratto, si fece nuovamente più densa.

Uhm, immagino che tu te ne sia rimasto qui a cercare nei tuoi pensieri inutili. Imparerai a concentrarti, perché dovremo tornare spesso se vorremo sapere qualcosa in più sul nostro nemico.

Il nostro nemico? Non sono tutti morti?

L'isola sembra deserta. Dopotutto Aldin non era completamente uno stolto. Tuttavia, anche se ben celata, l'energia del tempio continua a essere molto forte. È da lì che vengono irradiate le protezioni che tengono attiva la barriera. Neppure io riesco a percepire cosa si celi all'interno, ma se il tempio diffonde energie così forti deve esserci per forza qualcuno all'interno.

Ma allora, maestro, che cosa possiamo fare?

Aspetteremo che escano. Non possono rimanersene rifugiati all'interno, come topi, per sempre. Ora, ragazzo, torniamo indietro. Mostrami se hai imparato a muoverti in astrale.

Ilis visualizzò il laboratorio dal quale erano partiti. Si sentì risucchiare e, poco dopo, si ritrovò all'interno di esso. L'immagine trasparente ed eterea di Obolil gli apparve a fianco. Ancora una volta non poté fare a meno di notare quanto quell'apparenza si discostasse dalla creatura semi accasciata sul tavolo, più in basso.

In astrale proiettiamo l'immagine che sentiamo di noi. Se tu ti pensassi come un orso bianco, appariresti così. Ma ora abbiamo altro da fare. Sai come tornare nel corpo?

No, maestro, non ci ho mai provato.

Pensavo che almeno lo stolto ti avesse dato i rudimenti teorici.

Quelle continue critiche mettevano Ilis molto a disagio. Avrebbe voluto saper compiere qualche azione magica che potesse stupire favorevolmente il mago, ma qualcosa lo indusse a ipotizzare che, in ogni caso, non avrebbe ottenuto altro che rimproveri. Per il momento, decise che sarebbe stato meglio rassegnarsi.

Capitolo 15

2000 anni prima

Moltil, Brunus e Zalbia correvano a perdifiato sulle mura del palazzo a picco sul mare. I tre bambini non avevano idea di dove nascondersi. I soldati sbarcati dalle navi volanti erano ovunque. Sotto di loro, nel cortile, comparve un manipolo di soldati. Erano feriti. Alcuni di loro si reggevano a stento in piedi. Cercavano una via d'uscita ma, prima che potessero fare un altro passo, dalle due estremità del cortile sbucarono due nemici. Procedevano tranquilli, senza alcuna fretta.

Uno dei soldati incitò i compagni: "Per il Regno di Isk! Per il nostro re! Per la patria!" I soldati si gettarono sui due stranieri. Questi alzarono placidamente le dita e, con un unico gesto, emisero un fascio di luce che in un lampo smaterializzò gli assalitori.

I bimbi scrutarono la scena terrorizzati, cercando di non farsi scoprire. Zalbia, tuttavia, non riuscì a trattenere un gemito di orrore e disgusto. Moltil prontamente le chiuse la bocca con la mano e la tenne ben stretta a sé.

Uno dei due nemici guardò in alto nella loro direzione, ma fortunatamente non li avvistò: erano coperti dalla linea del camminatoio.

"Cacciatore a nave. Il cortile è pulito. Quanti ne restano ancora nel palazzo?" chiese verso il basso uno dei due.

Moltil si sporse a spiarli. Se ne stavano ritti, nelle loro uniformi viola, guardandosi intorno. L'estraneo che aveva parlato non aveva alcun apparecchio di comunicazione in mano.

"Ancora trentacinque," comunicò al compagno, "rintanati nelle cucine, nelle segrete, nei tunnel sotto il palazzo e nelle stanze della manica alta. E fuori ce ne sono ancora novantotto. Andiamo, prima finiamo e prima torniamo a casa." A passo svelto, i due abbandonarono il cortile.

Moltil fece segno col dito a Brunus e Zalbia di rimanere in silenzio e di seguirlo. I tre bambini sgattaiolarono dalle mura all'interno di una torre di guardia. Prima di rientrare, Zalbia gettò uno sguardo alle navi volanti. Erano ferme a poche centinaia di metri dalla costa, a qualche decina di metri sopra la superficie del mare, ed erano luccicanti al sole, grigie con una grande V viola rovesciata di lato.

Nella torre, Moltil discese lungo la scala a chiocciola. Zalbia lo fermò con uno strattone: “Dove vuoi andare?” gli domandò sottovoce.

“Dobbiamo uscire. Qui, nel palazzo, sono ovunque” gli rispose il bambino.

“No, hai sentito cosa hanno detto? Fuori sono ancora moltissimi quelli che vogliono eliminare. E qui hanno quasi finito. Se rimaniamo qui e non ci trovano, magari riusciremo a vivere.”

“Ma Zalbia, fuori ci sono gli eserciti di mio padre. Se ci uniamo a loro, avremo la possibilità di combatterli.”

“Moltil! Hai visto cosa hanno loro? Gli basta alzare un dito per disintegrare quello che hanno di fronte. Come pensi che i soldati possano combatterli?”

Moltil si sentì combattuto: “Zalbia, dobbiamo tentare. Mio padre mi ha cresciuto per diventare re. Non posso nascondermi come una pulce!”

“N-non andare. Ti prego. Non lo fare!” intervenne Brunus. Moltil e Zalbia si voltarono a guardarlo. Era più piccolo di qualche anno ed era il fratellino minore di Zalbia. Gli tremavano le labbra mentre parlava e il viso era coperto di sudore, dovuto anche al movimento, eccessivo per il suo corpo cicciottello. “Hai v-visto cosa sono capaci di f-fare. Se ci vedono, m-moriremo tutti.”

“Brunus, è il mio popolo, è la mia gente. Sono quelli sui quali io dovrò regnare. È per questo che sono nato. Se voi non volete venire con me, allora rimanete qui e nascondetevi.”

Zalbia alzò la voce un po’ più di quello che avrebbe voluto: “Moltil, è un suicidio! Ma come fai a non rendertene conto? Gli unici che sopravvivranno saranno quelli che se ne stanno ben nascosti! Pensa alle loro astronavi. Pensa alle loro armi! Se tuo padre e tua madre e i tuoi fratelli sono morti e anche tu ti getti verso la morte, chi rimarrà a regnare sui sopravvissuti?”

Moltil si morse il labbro. Era da quando erano stati svegliati dalle urla nel palazzo, nel cuore della notte, che scappavano. Si erano serviti di cunicoli, porte segrete e nascondigli vari. Ogni volta, all’arrivo di quei passi tranquilli e incessanti, erano corsi via.

Brunus interruppe il corso dei suoi pensieri: “F-forse non

vogliono eliminarci."

Moltil e Zalbia si voltarono su di lui con sguardo interrogativo.

"Gli s-siamo passati troppe volte sotto il naso e loro è come se ci avessero ignorati. F-forse vogliono uccidere s-solo i g-grandi."

Moltil avrebbe voluto rispondere, ma Zalbia fu più lesto: "Ha ragione. Per questo siamo ancora vivi. Non gli interessiamo. Non ci vogliono."

"Ma..." esordì Moltil, ma un rumore di passi dal fondo della scala a chiocciola frenò le sue parole.

Zalbia si diresse verso la porta alla loro destra, che si aprì su un lungo corridoio.

Dietro di lei c'era Brunus e, per ultimo, riluttante, Moltil. I tre bambini corsero nell'ampio corridoio illuminato dal sole. Sulla loro sinistra, attraverso un'immensa vetrata, diedero ancora un'occhiata alle tre navi volanti, immobili e inquietanti. Sulla loro destra, splendidi arazzi ritraevano gli antichi sovrani del regno.

Quando furono a metà corridoio, un'altra porta a qualche metro da loro venne spalancata.

Senza rifletterci troppo, Zalbia ne aprì una che si confuse con la lussuosa tappezzeria. Dava accesso a uno stanzino piccolo, usato come semplice locale accessorio dalla servitù per occultare le sedie, in occasione della preparazione della grande sala per i balli reali.

Quando i tre giovani si chiusero la porta alle spalle, rimasero circondati solo dal buio.

"Shh" pronunciò a tono molto basso Zalbia. Il silenzio era interrotto solo dal battito incessante dei denti di Brunus.

"Calmati, fratellino" le disse la sorella nell'orecchio, con un filo di voce.

Moltil era alla sua destra, immobile. Lei gli prese la mano nella sua, augurandosi con tutta se stessa che il giovane principe non commettesse alcuna imprudenza.

Da oltre la porta giunse un rumore di passi, che poi si arrestò non lontano da loro.

Che stiano contemplando gli arazzi?, si chiese Zalbia.

"Secondo te, facciamo bene a sterminarli?" domandò una voce maschile.

"Gli ordini non si discutono. Facciamo solo il nostro dovere" replicò una voce femminile con tono secco.

"Sì, va bene, però è da millenni che intratteniamo rapporti con questo popolo. Una punizione come questa mi sembra un po' eccessiva."

"Non hanno rispettato i trattati. Hanno agito di testa loro senza consultarsi. Hanno versato un fiume di sangue innocente."

"Ho capito, ma così da queste parti non avremo più alleati."

"Tanto meglio. Dal Nord non ci sono arrivati che grattacapi. Forza, andiamo. Se ti piacciono tanto questi arazzi, più tardi mandiamo una squadra a prelevarli.

I passi ripresero, avvicinandosi alla porta e superandola.

Zalbia tirò un sospiro di sollievo: sapeva che Brunus era sul punto di scoppiare.

"Aspetta, mi arriva un segnale dalla nave" avvertì la donna.

"Dove?"

"Lì" indicò lei.

I passi tornarono verso il nascondiglio. Brunus iniziò a piagnucolare.

"No" le sussurrò la sorella nell'orecchio. "Ti prego, non adesso."

I passi si arrestarono di fronte alla porta.

"E come si apre?" chiese l'uomo.

Qualche attimo di silenzio.

"Lascia stare" disse lei. La porta scomparve e il locale venne inondato di luce. Istintivamente, Zalbia guardò verso Moltil, sicura che l'amico si sarebbe gettato sui due stranieri. Ma il ragazzo era immobile, terrorizzato, con gli occhi sbarrati.

"Ancora?" esclamò la donna. Poi aggiunse, come se parlasse a un'entità invisibile di fronte a loro: "Sono i tre ragazzini di prima. Disattivate, per favore, questi tre segnali o non finiamo più."

Zalbia osservò incredula l'uomo e la donna uscire dal loro campo visivo.

Capitolo 16

Lil osservava il volto sereno del marito. Contrariamente a quanto si sarebbero aspettate, Bashinoir non si era ancora svegliato. Miril e Lil avevano discusso sull'opportunità di uscire dal Tempio. L'uscita di entrambe per un periodo prolungato purtroppo non era possibile; Lil ormai ne aveva compreso la ragione. Tuttavia, non se la sentiva di uscire da sola, benché ci fossero gli animali da accudire e le coltivazioni invernali da sistemare. Da essi dipendeva il loro sostentamento. E poi avrebbe voluto almeno constatare cosa fosse accaduto alla sua vecchia casa. Ma no, da sola proprio non poteva farlo.

Così, in quei giorni si era dedicata ad alcune faccende di minore importanza nel Tempio, come le pulizie, il riassetto della cucina e il riordino di alcuni locali.

Nel frattempo, Miril era rimasta a lungo nelle stanze più interne dell'edificio. Quando si incrociavano, la sacerdotessa, benché si sforzasse di scambiare qualche parola, appariva spossata. Lil si chiedeva se Miril avrebbe resistito nel sostenere il peso che, fino a pochi giorni prima, era equamente diviso tra lei e il sacerdote.

Lil si sentiva molto sola.

È così che sarà d'ora innanzi? Erano rimasti solo in tre e, per sopravvivere, avrebbero dovuto lavorare duramente. Bashinoir sarebbe stato impiegato in compiti di cui prima si occupavano decine di uomini. Miril si sarebbe presa carico dei riti magici necessari per la loro protezione. In quanto a lei, non le era ancora ben chiaro cosa le sarebbe stato richiesto.

Osservando il volto disteso di Bashinoir, Lil fu colta da un acuto senso di colpa. Era stata una buona moglie? Sì, era vero, qualche volta aveva fatto in modo di stuzzicarne la gelosia, ma in fondo l'aveva sempre amato con tutta se stessa, e il loro matrimonio era stato fino a quel giorno lieto e appagante per entrambi. Da qualche mese, lei e il marito avevano finalmente iniziato a parlare di figli. Bashinoir lo faceva con gli occhi luccicanti, e per lei diventare madre rappresentava il coronamento del suo più grande sogno.

E ora, invece, l'attendeva la via sacerdotale, era inevitabile. Come sarebbe riuscita a spiegarglielo? E come l'avrebbe presa lui? Pochi giorni prima, quasi tutto ciò per cui viveva gli era tragicamente scomparso di fronte agli occhi, e ora, tutto ciò che gli rimaneva, sua moglie, gli sarebbe stato sottratto.

"Lil, mi dispiace di non essere potuta venire da te per l'ora di cena. È stato necessario riequilibrare le energie che negli scorsi giorni avevano subito notevoli scompensi. Ora, tutto è tornato alla normalità."

A Lil quei discorsi suonavano ancora un po' ostici, ma Miril ne parlava con naturalezza, come se si stesse riferendo a cose ben note a entrambe.

Lil aveva preparato qualcosa per cena, per entrambe, e aveva deciso di attendere comunque Miril prima di consumare, nonostante il suo ritardo.

"Lil, hai avuto modo di riflettere su quanto ti ho chiesto?"

Oh sì, non ho pensato ad altro. "Sì, Miril" rispose esitante.

"Cosa ne pensi?" la incalzò Miril in tono serio.

Lil la guardò sorpresa. Non le era mai stata data la possibilità di esprimere la propria opinione su argomenti di questa natura. Avrebbe voluto spiegarlo a Miril, ma non trovava le parole.

"Lil, tu sei una ragazza adulta. L'iniziazione non funziona come per i neonati, per i quali è una cosa spontanea. Una bimba che si avvia per questa strada di conoscenza prende ogni cosa come naturale. Molto probabilmente, in te ci saranno delle resistenze ben più forti. In ogni caso, la cosa fondamentale è che tu sia convinta. Nonostante possa apparirti come una scelta obbligata, senza che tu ne sia pienamente persuasa sarebbe impossibile procedere, e sicuramente non saremmo in grado di portarti al livello adatto per compiere ciò che sarà necessario. Lil, dovrai riflettere ancora e potremo iniziare solo quando tu lo vorrai veramente."

Intimamente Lil reagì bene alle parole di Miril. Sentirsi obbligata le rendeva tutto più semplice: preferiva dover andare da suo marito e spiegargli che, per il bene dell'isola e il mantenimento delle protezioni magiche, sarebbe stato necessario per lei diventare una sacerdotessa. Come poteva dirgli che era *anche* una sua scelta? Cosa avrebbe potuto dirgli? "Siamo rimasti solo in tre e io ho deciso di lasciarti per diventare una sacerdotessa?", oppure "scusami, so che hai perso tutte le persone che amavi e quella che era la tua vita, ma io ho deciso che il mio futuro è al servizio degli dei".

No, non voleva avere la possibilità di scegliere. Se così doveva essere, sarebbe stato per volere della sacerdotessa e degli antichi che avevano predisposto le protezioni magiche a scudo dell'isola, delle forze che avevano tramato nell'ombra per tutti quei secoli e che avevano, almeno a quanto le sembrava, trovato infine un varco nel quale insinuarsi. Doveva sentirsi obbligata.

"Miril, farò ciò che occorre fare. Se per il bene dell'isola occorre che io divenga una sacerdotessa, se è questo ora il mio destino, se è questo che tu mi chiedi, se è questo che gli Dèi hanno voluto per me, lo farò" asserì Lil, gettando fuori le parole tutto d'un fiato, nel timore che, facendo una pausa, non avrebbe più avuto il coraggio di continuare.

Alle loro spalle, le due donne udirono un lamento. Si girarono, temendo che le condizioni di Bashinoir fossero improvvisamente peggiorate. Lui, a occhi spalancati, ricambiò il loro sguardo. Sul suo volto c'erano stupore, dolore e rassegnazione.

Miril lo ricambiò serenamente. Lil sentì una fitta al cuore. *Da quando è sveglio? Ha sentito tutto? Dunque, sa già? Mio marito... il mio amato, il mio dolce, forte, coraggioso, carissimo marito.*

Non avrebbe voluto piangere ma, non riuscendo a trattenere le lacrime, fuggì via.

Bashinoir avrebbe voluto inseguirla. Provò ad alzarsi, ma era ancora troppo debole. La sacerdotessa Miril gli si avvicinò per controllare la sua ferita.

Capitolo 17

Tuirl entrò nella grande sala da bagno. L'umidità gli si appiccicò sul viso e, per un attimo, ebbe problemi a respirare. “Ehm-ehm” si schiarì la gola, cercando di far percepire la sua presenza.

“Cosa volete, ora?” irruppe bruscamente re Beanor.

La sala era circolare, con un grande colonnato disposto a semicerchio, al di là del quale i fumi di umidità salivano in alto, esalati dall'acqua calda di una gigantesca piscina.

Sul bordo, due mogli del re erano comodamente adagiate sotto le abili mani di esperte massaggiatrici reali. Nell'acqua, strette ai fianchi del re, altre due mogli passavano mani, labbra e lingue sul corpo del sovrano. Beanor scosse le gambe e una quinta ragazza emerse dall'acqua, proprio davanti a lui.

Tuirl si voltò imbarazzato.

“Allora, parlate! Perché siete venuto a disturbarmi?”

Il padre non faceva altro che occuparsi degli affari del regno giorno e notte, il figlio passa da un'orgia all'altra!, rifletté amaramente Tuirl.

La fanciulla alla destra di Beanor mosse la lingua sul suo collo, risalendo fino al lobo dell'orecchio, iniziando a mordicchiarlo. Quella emersa dall'acqua iniziò a giocare con i riccioli del suo petto villoso.

“Ferme, ferme.., non vedete che ho cose più importanti delle quali occuparmi?” protestò il re, spingendole in malo modo.

Non prendendolo sul serio, le donne tornarono alla carica. L'occasione di conquistare i favori del loro marito e sovrano non andava sprecata. Erano in molte e il turno di ciascuna non era poi così frequente.

Con un paio di manate, il re si liberò, conquistando gli scalini d'uscita della piscina. Le mogli si mostrarono deluse. Se l'incontro si fosse interrotto così presto, probabilmente non avrebbero ricevuto i loro regalini. La più giovane, meno ricca e più affamata di gioielli delle sue compagne più anziane, tentò il tutto per tutto e si avventò sul membro ancora parzialmente eretto del re, che riuscì a scansarla.

“Or dunque, consigliere, parlate prima che queste gattacce infernali mi assalgano.”

Orgoglioso della sua virilità, Beanor si avvicinò a Tuirl, in cerca di un punto dove posare lo sguardo.

"Mi avevate chiesto di riferirvi con urgenza ogni notizia riguardante le ricerche magiche..."

"Ebbene, parlate, parlate!"

"Il mago Obolil mi riferisce che lui e l'apprendista hanno avuto modo di sincerarsi della situazione sull'isola. Sembra effettivamente che non rimanga nessun vivo sulla superficie."

"Nessuno, nessuno. Finalmente, li abbiamo sterminati!" lo interruppe Beanor, trionfante. "Quei vermi. Ci sono voluti duemila anni, ma ce l'abbiamo fatta. Ed è Beanor che è arrivato dove tutti i suoi avi avevano fallito!"

Tuirl dubitava che gli eventuali meriti andassero davvero ascritti al re, ma non gli parve opportuno sollevare la questione.

"Ma, allora, perché la barriera è ancora su?" obiettò improvvisamente Beanor, resosi conto che qualcosa non quadrava.

"Se mi consentite di continuare, quello che vi stavo appunto dicendo è che, tuttavia, dal tempio vengono irradiate ancora delle forti energie."

"E questo cosa significa? Parlate, se non volete che vi tagli la testa e faccia gettare il corpo decapitato in una latrina." L'eccitazione di poco prima era sparita. Beanor avrebbe volentieri sfogato la sua collera su quell'incapace.

"Significa, Maestà, che è possibile che qualcuno sia ancora all'interno, probabilmente scampato al massacro orchestrato da Aldin."

"Qualcuno nel Tempio? E chi sarebbe?"

"Purtroppo Obolil e Ilis non sono in grado di riferire su questo. Come sapete, neppure in astrale ci è concesso di superare la barriera. E le energie del Tempio celano a qualsiasi nostro esame quello che si trovi all'interno."

"Allora dovremo aspettare che escano, questi piccoli roditori."

"Di questo avviso è anche Obolil."

"E dovremo essere certi che, quando usciranno, uno dei nostri due maghi se ne accorga immediatamente."

"Maestà, potrebbe volerci del tempo..."

"Tuirl, siete diventato pazzo?" lo riprese Beanor, iracondo, avventandosi su di lui con il pugno alzato.

Istintivamente, il consigliere arretrò di qualche passo, andando a sbattere di schiena contro una colonna.

“Si daranno il cambio, giorno e notte. Uno di loro dovrà sempre avere gli occhi puntati su quella dannata isola.”

“Ma, Maestà, sapete bene che un simile abuso del viaggio astrale comporterebbe seri rischi per la salute dei maghi, oltre a consumarne le energie vitali con conseguenze imprevedibili.”

“Prima cadrà la barriera, prima ne avremo tutti i relativi vantaggi. Sono duemila anni che cerchiamo di porre fine al nostro isolamento. Non ho più voglia di aspettare. Mandate delle guardie scelte che controllino che i maghi facciano quanto ho ordinato.”

“Maestà, potrebbe essere controproducente.”

“State forse mettendo in dubbio i miei ordini?” chiese minacciosamente Beanor, avanzando fino a Tuirl. La schiena del consigliere aderì alla colonna, bloccandolo contro di essa. Beanor avanzò fino a respirargli a un palmo dal viso.

“No, naturalmente. Predisporrò immediatamente per l'invio delle guardie” sussurrò l'anziano, con un filo di voce.

Capitolo 18

Bashinoir non riusciva ad addormentarsi. Lil e Miril si erano a lungo prese cura di lui. Con la sua collaborazione, erano riuscite a lavarlo adeguatamente, vestirlo con abiti puliti, cambiargli le fasciature e controllare le varie ferite sul corpo.

Sua moglie l'aveva assistito in silenzio, sicuramente imbarazzata per quanto lui poteva aver udito mentre discutevano ritenendolo ancora addormentato.

La sacerdotessa aveva mostrato la serenità e il contegno abituali. Infine, l'avevano pregato di riposarsi.

Sua moglie una sacerdotessa! Per il bene dell'isola! Bashinoir non poteva accettare che ciò significasse davvero quello che temeva. Non gli rimaneva nulla della sua vecchia vita, niente dei piccoli piaceri che, nonostante le difficoltà, gli scaldavano il cuore. E ora avrebbe perso anche lei: Lil.

Quando si erano ritrovati nel Tempio, subito dopo i drammatici eventi che avevano sterminato quasi tutta la popolazione, aveva ipotizzato che, benché fossero rimasti solo in tre, almeno lui e Lil avrebbero potuto avere dei figli. In un modo o nell'altro, loro o i loro discendenti avrebbero trovato il modo per sopravvivere e, forse, anche per abbandonare l'isola.

Mai avrebbe potuto immaginare che per uno strano scherzo del destino non avrebbe avuto una discendenza, che Lil non gli avrebbe dato dei figli. Erano sopravvissuti. Proprio loro. Non era quello un segno del destino?

Purtroppo, sembra di no.

Perché avevano aspettato tanto? Dopotutto, non mancava loro nulla. Una casa, seppure formata da un'unica grande stanza raccolta intorno al focolare, l'avevano. Ma entrambi avevano pensato che, prima di avere dei figli, avrebbero voluto costruire un luogo ancora più bello, grande e spazioso. Così, lui aveva iniziato a impegnarsi, ogni giorno, nelle ore tra la fine del lavoro e il tramonto, in una nuova costruzione. Insieme avevano cercato il luogo in cui avrebbero abitato. E quando, emozionatissimi, erano giunti su una scogliera con una vista impareggiabile, avevano capito di averlo trovato: quello sarebbe stato il luogo adatto per accogliere la loro famiglia. Il villaggio non distava più di cinque minuti di cammino, e per scendere in riva al mare c'era un comodo sentierino che avrebbero usato per andare a pescare.

Era quasi tutto pronto: un anziano gli aveva detto che, dopo la luna nuova, sarebbe stato il momento ideale per concepire il loro primogenito.

Ma poi quelle schegge orrende avevano iniziato a piovere dal cielo. Il suo matrimonio sarebbe finito e Lil non gli avrebbe più dato nessun figlio.

Per il bene dell'isola...

Sapeva che i sacerdoti erano sempre stati più d'uno, ma non si era mai chiesto il perché. In ogni caso, prima di permettere che sua moglie lo lasciasse per sempre, avrebbe almeno voluto saperne la ragione. Non avrebbe protestato, non si sarebbe opposto, questo era certo. Non si discuteva il volere di una sacerdotessa. Ma trattandosi della vita di sua moglie, sentiva che fosse almeno suo diritto avere delle spiegazioni più precise.

La sacerdotessa era così gentile mentre parlava a Lil... Bashinoir si augurò sarebbe stata altrettanto aperta e disponibile anche con lui.

Le forze per rimanere desto lo abbandonarono. Sprofondò in un sonno inquieto e agitato.

Capitolo 19

A letto, Beanor osservava il corpo perfetto della compagna che giaceva al suo fianco, nuda. Aveva appena finito di possederla selvaggiamente e gli era venuta fame. La ragazza teneva in mano un vassoio con delle bacche commestibili; gliene porse una.

Lo sguardo di Beanor indugiò sui seni: non erano grandissimi ma avevano una forma arrogante, che lo faceva impazzire. E la sua carnagione scura, unita agli occhi verdissimi, la rendevano una perla molto rara nel regno. Da quando l'aveva scelta come concubina, amava tenere lei più di tutte le altre nel suo letto.

"Mio signore, posso entrare?"

"Aleia?" esclamò Beanor sorpreso.

La donna si fece avanti. Era alta, con i capelli ramati e raccolti. Il corpo era cinto da una tunica rossa con bordature d'oro.

"Che cosa posso fare per te, mia amata?"

La ragazza nel letto sgranò gli occhi: era raro vedere il sovrano rivolgere toni tanto gentili a qualcuno. Imbarazzata, si coprì con le lenzuola fino al seno. Anche se non sarebbe stata certo la prima volta che Aleia la vedeva nuda.

"Desideravo parlarvi" annunciò Aleia, avvicinandosi al letto.

È ancora una bella donna, rifletté Beanor. *È da tanto che non la cavalco, ma mi sembrerebbe strano farlo con una donna della sua età. Anche se devo ammettere che ha ancora un suo perché. Magari, una di queste notti...* Sottometterla sarebbe servito anche a ricordarle qual era la sua posizione, visto che gli riferivano quanto, tra le concubine, si atteggiasse come una regina, servendosi di loro per le sue esigenze e i suoi piaceri.

Aleia attese pazientemente che l'attenzione del re si spostasse dal suo corpo al suo viso.

"Vorrei parlarvi, se possibile in privato."

Beanor le rivolse un'occhiataccia. Avrebbe voluto rispondere sgarbatamente ma, invece, si rivolse alla ragazza: "Non voglio che ti raffreddi, quindi te ne starai qui, buona buona, nel letto. Se dici una parola di quello che senti, ti faccio tagliare la testa. Hai capito? Ora dammi del vino!"

La giovane, offesa per la minaccia, prese il calice di vino dal comodino del letto e glielo porse.

"Vieni, Aleia, vieni a sederti sul letto."

Beanor si spostò per far posto ad Aleia, dando un brutto colpo alla concubina, che non osò protestare. Quando la prima moglie si sedette sulla sponda, con la mano le tastò il sedere, compiacendosi di quanto ancora fosse sodo.

Aleia pazientò. Quando Beanor concluse la propria ispezione, la donna andò subito al sodo: "Mio signore, so dell'incarico che avete dato al consigliere. Lui è andato nelle carceri a esigere i servigi del vecchio Obolil, che ora, insieme all'apprendista, è nuovamente incaricato di trovare una soluzione per la Barriera."

Beanor la guardò, effettivamente stupito. Poi, con tono ironico, iniziò a canzonarla: "Sapete molto, e io che pensavo che vi occupaste solo delle fighette delle vostre amiche."

"Maestà," esclamò lei, punta nell'orgoglio, "vi stupireste di tutte le incombenze delle quali è gravata la mia figura. Chi pensate che si occupi del palazzo reale mentre voi siete impegnato in altro?"

"Buona, buona. Non vi scaldate. So bene che siete voi a prendervi cura di tutto questo, e sono felice di avervi affidato quest'incarico, vista la diligenza con cui lo portate avanti. Ma ora, ditemi, perché vi interessate a questa questione?"

"Perché io, Maestà, ho dei dubbi!"

Beanor la scrutò incuriosito, come se la vedesse per la prima volta.

"Ascoltatemi," continuò lei, "sotto le direttive del consigliere ci sono già stati due fallimenti. È solo un caso? Ora, per una questione così importante, la sua idea migliore è stata rimettere in pista quel vecchio mago fallito! Come potete ancora dargli credito?"

Beanor non amava i discorsi con troppi sottintesi. "Cosa volete dire? Parlate!" le urlò contro, alzando la mano come se volesse schiaffeggiarla.

"Maestà, è chiaro quello che sto cercando di dirvi! Io credo che Tuirl vi dia dei consigli sbagliati, perché in realtà *non* vuole che la barriera sia abbattuta."

Dopo qualche attimo, Beanor scoppiò in una fragorosa risata. "Donne! A volte mi chiedo se davvero abbiate un cervello. Datemi la mano," le ordinò ma, senza aspettare, gliela prese e se la posò sul membro.

"Ricordo che al tempo mi avete fatto dei servizi di rara bravura..."

"Ma..." obiettò lei.

"Osate rifiutare il vostro sposo e sovrano?"

"No, certo" replicò, consapevole che nessuno tra quelle mura fosse immune alla collera del re.

"Benissimo, allora usate solo la mano, come facevate una volta. Per la bocca e il resto, se sarete brava, vi dedicherò una serata tutta vostra."

Rassegnata, Aleia iniziò a muovere la mano molto lentamente, verso il basso, stringendo leggermente il pene.

Beanor si lasciò andare con la schiena sul cuscino e socchiuse gli occhi.

"Oh..." si fece sfuggire. *Sì, questo tocco... è proprio quello che ricordavo.*

Aleia continuò il movimento lentissimo. Beanor, sospirando di piacere, si leccò le labbra. "Uhm..." gongolò. Prese per un braccio la ragazza. "Tu, vieni in piedi sopra di me. Voglio assaggiartela un pochettino. Ma girati, voglio che intanto guardi la prima moglie. Devi imparare a fare la stessa cosa."

Profondamente infastidita, la fanciulla obbedì e gli porse le natiche. Lui iniziò prima a odorarle il sesso poi, prendendole con forza i fianchi, la tirò a sé e la penetrò con la lingua.

Capitolo 20

Bashinoir sbatté le palpebre e aprì gli occhi. Aveva trascorso una notte agitata e senza sogni. Sentendosi ancora spossato, provò, non senza difficoltà, a mettersi a sedere sul letto. Appoggiati i piedi sul pavimento, tentò di reggersi sulle gambe. Subito gli girò la testa ma, adagiata una mano al letto, riuscì a tenersi in piedi e fece qualche cauto passo, avanzando fino al camino.

Quando Lil entrò nella stanza, rimase sorpresa nel vederlo in piedi. Con il cuore che le batteva forte, corse verso di lui e, senza una parola, gli gettò le braccia al collo. Entrambi provarono l'impulso di baciarsi ma desisterono, rimanendo, però, uniti a lungo nell'abbraccio.

Ma Bashinoir non resistette. *È mia moglie!* Con la mano le alzo il viso, unendosi a lei in un bacio profondo e intenso. Lil non riuscì a sottrarsi; il desiderio di quel momento l'aveva fatta ardere troppo a lungo.

"Buongiorno, Bashinoir, vedo che state meglio" lo salutò Miril, entrando nel locale. Aveva l'aria serena, anche se molto stanca. La scena non sembrava averla turbata, ma Bashinoir e Lil si sentirono comunque in colpa per essersi fatti cogliere in quell'atteggiamento intimo.

"Cosa ne dite di una colazione tutti insieme?" propose Miril.

Lil sospirò. Sapeva già quale argomento la sacerdotessa avrebbe voluto affrontare durante il pasto ma, in realtà, una volta di fronte alle vivande, Miril iniziò a trattare aspetti molto concreti.

"Soli su quest'isola, dovremo prenderci cura di molti aspetti diversi per garantire la nostra sopravvivenza. Probabilmente sarebbe opportuno riunire gli allevamenti in nuove stalle, da costruire vicino al Tempio."

Bashinoir e Lil ascoltarono sorpresi le argomentazioni di Miril. Non immaginavano che l'attenzione della sacerdotessa si estendesse a questo genere di cose.

Miril continuò: "Si tratta sia di un aspetto di ordine pratico sia magico. Credo che a questo punto la cosa migliore sarebbe creare una zona qui intorno su cui estendere le stesse protezioni del Tempio, che sono le più potenti."

Bashinoir avrebbe voluto porre un gran numero di domande, ma non si sentiva ancora a suo agio nel rivolgersi alla sacerdotessa. Lei, tuttavia, percepì il suo desiderio e lo incoraggiò: "Parlate, Bashinoir, chiedetemi quello che volete."

L'uomo ebbe l'impressione che lei gli avesse letto nel pensiero.

"Intendete dire una zona dove non possano più cadere quelle... schegge?"

"Esatto, Bashinoir. Le protezioni con cui abbiamo finora protetto l'isola potrebbero non essere più adeguate o essere state superate dalla ricerca magica del nemico. Ma sono certa che quelle del Tempio siano abbastanza forti per reggere qualsiasi attacco e celarci alla vista di chiunque."

"Ma non è possibile proteggere l'intera isola?" obiettò Lil. Il marito le rivolse un'occhiata stupita. Come osava sua moglie rivolgersi in quel modo alla sacerdotessa?

"Mi rincresce, ma temo che questo non sia possibile, ora. La complessità dei riti aumenterebbe a un livello tale da richiedere l'apporto di molti sacerdoti. E noi... non saremo in molti."

Lil e Bashinoir compresero che la discussione era giunta al punto che entrambi avrebbero voluto evitare.

Bashinoir cercò di farsi coraggio. "Sacerdotessa, se è opportuno che Lil prenda la via del sacerdozio, sarò felice di dare tutto il mio apporto per le questioni di ordine pratico. Inizierò appena possibile al trasferimento degli animali."

Miril sorrise: "Mi dispiace, Bashinoir, credetemi. La protezione magica del luogo in cui viviamo richiede l'apporto di almeno due sacerdoti che si diano il cambio e che compiano insieme i riti principali. La fase del noviziato di Lil sarà molto dura per lei e faticosa per me. Finché lei rimarrà una novizia, farò del mio meglio per sostenere il peso dei rituali. Ma devo confessarvi che non potrò reggere a lungo."

Udendo queste parole, Bashinoir si rese conto di come Miril, sotto una parvenza di tranquillità e naturalezza, stesse celando una pesante stanchezza: era solo l'alba e sembrava che avesse trascorso la notte insonne. *Dobbiamo aiutarla, a qualsiasi costo.*

La sacerdotessa sorrise gentilmente: "Se siete d'accordo, dovremo predisporre degli alloggi per ciascuno di noi. Io manterrò quelli dove sono stata finora, Lil alloggerà nella zona dedicata al noviziato e tu, Bashinoir, in quella degli ospiti. Le zone del sacerdote sarebbero più comode e meglio riscaldate, tuttavia il loro livello energetico non è adatto a chi non ha preso i voti e, in questo momento, non abbiamo le risorse per fare modifiche. Quando avremo la possibilità di compiere questo genere di rituali, potrete spostarvi. Se siete d'accordo, potremo prendere visione dei nuovi alloggi."

Infine abbiamo trovato una casa più grande, rifletté Bashinoir, guardando sua moglie alzarsi in piedi per sparecchiare la tavola. *Ma a quale costo?*

Capitolo 21

Tuirl estrasse una grossa chiave dalla tasca e aprì la pesante porta oltre la quale una lunga sequenza di scalini si perdeva in basso, nell'oscurità. Per l'ennesima volta gettò intorno a sé un'occhiata furtiva. Aveva preso ogni precauzione ed era certo che nessuno lo avesse visto, tuttavia, ogni volta che doveva scendere in quel luogo, avvertiva una profonda sensazione di disagio.

La luce della fiaccola illuminava gli scalini, all'apparenza infiniti. Man mano che scendeva, la temperatura si abbassava sempre di più. Ragnatele e insetti erano ovunque. Tuirl scrutava incessantemente il muro alla sua destra, alla ricerca di una pietra di colore leggermente rosato.

Quando la trovò, contò altri dodici scalini e si chinò quindi a premere con la mano sulla terza pietra a partire dal basso. Non accadde nulla. *Che abbia sbagliato a contare?* Dopo pochi secondi, una porzione di muro iniziò ad arretrare, fino a lasciare abbastanza spazio per il passaggio di un uomo. Tuirl entrò e, con un'altra pressione su una pietra alla sua destra, azionò il meccanismo che portò alla chiusura della parete alle sue spalle.

Distribuì la fiamma sulle fiaccole appese ai muri e scrutò attentamente il locale. Era esattamente come ricordava di averlo lasciato. Alle pareti sulla destra e sulla sinistra vi erano degli scaffali impolverati, sormontati da pergamene e vecchi tomi. Al centro si trovava un inginocchiatoio, di fronte al quale c'era un bacile in pietra colmo di liquido nero. Di tanto in tanto, una goccia cadeva dal soffitto, dritto nella conca, facendo tracimare il liquido in eccesso che scorreva fino al lato opposto a quello della porta d'ingresso. Qui non c'era alcuna parete, ma solo il vuoto e, sospeso a mezz'aria, un denso strato di nebbia. Il liquido cadeva in basso, perdendosi nell'abisso. Tuirl si guardò ancora una volta intorno, rimproverandosi per l'ansia ingiustificata. *Nessuno è a conoscenza dell'esistenza di questa stanza. Nessun occhio indiscreto può celarsi dietro queste pareti.*

Si inginocchiò, inalò profondamente e portò le mani sul liquido nero.

Sarà molto, molto arrabbiata.

Aveva fatto del suo meglio per ritardare il più possibile il colloquio, ma sapeva di doverle dare delle spiegazioni, e che il tempo a sua disposizione si era esaurito. Eppure indugiò per qualche secondo ancora sull'idea di allontanarsi. Sarebbe potuto tornare non prima della settimana successiva, giustificando le ripetute assenze con gli impegni di corte e il suo ruolo di consigliere. *No, se tiro ancora di più la corda, potrei andare incontro a conseguenze nefaste.*

Rassegnato, immerse le mani nel liquido.

Inginocchiata di fronte all'altare, Miril avvertì subito il contatto. Si alzò in piedi e si inoltrò nelle profondità del Tempio. Entrò in un piccolo locale quadrato, chiudendosi la porta alle spalle. *Lil non verrebbe mai in questa zona del Tempo, e a Bashinoir non è consentito, ma è meglio non correre rischi.*

Posò le mani nel liquido nero contenuto nell'incavo della roccia di fronte a sé, e subito vide materializzarsi l'immagine di Tuirl, dapprima sbiadita, poi sempre più definita.

"Perché hai aspettato tanto a metterti in contatto?" lo rimproverò con tono asciutto.

"Sacerdotessa, vi chiedo umilmente perdono, ma gli impegni di corte non mi hanno consentito di venire prima."

"Gli impegni di corte o il timore del nostro colloquio?"

Tuirl avvertì un brivido gelido lungo la schiena. Come si aspettava, la sacerdotessa era fortemente adirata con lui. Del resto, non sarebbe potuto essere diversamente. Il consigliere capì che la punizione, questa volta, sarebbe stata molto dura.

"Sacerdotessa Miril, mi rendo conto che quanto accaduto non può essere giustificato, ma..."

"È stato sterminato l'intero popolo dell'isola, *la mia gente,* te ne rendi conto?"

"Sì, sacerdotessa, ne sono consapevole, e ancora non riesco a capacitarmi di come il vecchio mago Aldin sia stato in grado di un'azione magica tanto estesa. Si è sempre dimostrato un completo incapace, ed io non ho mai smesso di provvedere alle opere di sabotaggio che voi mi avete ordinato."

"E allora cosa è successo?" Miril riusciva a stento a trattenere la rabbia. Tuirl non l'aveva mai sentita alzare la voce.

"Io... non lo so. È possibile che Aldin abbia lavorato segretamente a degli incantesimi, senza che io me ne rendessi conto."

"E come è possibile che ti sia sfuggito? Ti avevo ordinato di controllare il laboratorio ogni singola notte! Avevi ordini precisi. Qualsiasi incantesimo Aldin avesse predisposto, mi avresti dovuto avvisare con ampio anticipo."

"Sacerdotessa, credetemi, è quello che ho sempre fatto. Nulla di quanto io abbia saputo vi è mai stato taciuto."

"Sei stato così inetto da lasciarti sfuggire i preparativi di un incantesimo che ha sterminato un intero popolo!"

Miril era fuori di sé dalla collera. Tuirl iniziò a temere per la sua stessa vita.

"Tuirl," riprese lei, "la preparazione di un incantesimo di quella natura richiede anni, se non decenni. Sei certo di non esserti mai accorto di nulla?"

"Sacerdotessa Miril, vi prego di credermi, vi ho sempre riferito ogni rito, incantesimo o azione magica intrapresa dal mago Aldin. Vi ho tenuta informata dei progressi che faceva sull'incantesimo per l'abbattimento della barriera, e infatti, eseguendo i vostri ordini, sono riuscito ad alterare la composizione degli elementi, così da non creare nessun sospetto. Era così sicuro del suo successo da decidere di imbarcarsi egli stesso sotto false sembianze. Quando la nave si è schiantata, è morto anche lui."

Aldin è morto? La sacerdotessa, privata per settimane delle preziose soffiate di Tuirl, non era a conoscenza di questo particolare.

"Dunque, il mago di corte ha perso la vita?"

"È esatto, sacerdotessa. E, se me lo consentite, è anche un po' merito mio."

Almeno per una volta è stato in grado di seguire le istruzioni alla lettera. "E ora, che decisioni ha preso il re? Desisterà dai suoi propositi?"

"A dire il vero, dietro mio suggerimento ha richiamato in servizio il vecchio Obolil."

"E per quale motivo avresti dato un simile suggerimento?"

"Ecco, io non mi fidavo dell'apprendista, il giovane Ilis. Non sappiamo di cosa potrebbe essere capace. Ho pensato che se il re gli avesse concesso tempo e risorse per portare avanti le proprie ricerche, magari avrebbe potuto imparare qualcosa di pericoloso per noi. Al contrario, sotto la guida del mago Obolil, non potrà migliorarsi in alcun modo. Come ben sapete, costui non ha mai avuto alcun talento. Inoltre è fiaccato dall'aver trascorso gli ultimi venti anni chiuso in una cella, in compagnia dei propri escrementi. La memoria gli difetta. È colmo di rancore nei confronti del Sovrano. In altre parole, sotto la guida di Obolil siamo certi che gli studi di Ilis non lo condurranno ad alcunché di utile."

Sebbene Miril riconoscesse una certa astuzia nel piano di Tuirl, era ben consapevole di come costui fosse spesso vittima di grandi errori di valutazione.

"Hai preso una simile iniziativa senza chiedere la mia approvazione?"

Il tono minaccioso della domanda fece svanire quel minimo di sicurezza che Tuirl aveva recuperato. "Sacerdotessa, dovete perdonarmi. Temevo che re Beanor agisse di propria iniziativa. Sapete meglio di me che il sovrano è così orgoglioso che non tornerebbe mai su una decisione presa. Ho dovuto improvvisare."

"Tuirl, tu sei un seguace della Dea. Io sono la sua manifestazione su questo mondo. Per nessun motivo ti sarà consentito un altro errore. Se mai la tua incapacità dovesse creare ulteriori problemi, pagherai con la vita." *Ma non ora, perché sei l'unica spia di cui possa disporre.*

"Me ne rendo conto, sacerdotessa. So di aver sbagliato e vi chiedo umilmente scusa. Il peso delle mie responsabilità non mi fa dormire la notte. Il vostro popolo ha perso la vita. Ma ditemi, per alleviare almeno un poco il mio dolore, qualcuno si è salvato? C'è qualche sopravvissuto sull'isola oltre a voi? Non potrei sopportare il peso di avervi condannato alla solitudine."

"Non preoccuparti per me. E chi ci sia oggi sull'isola non è affar tuo. L'unica cosa alla quale dovrai badare d'ora innanzi è raggiungere la stanza del contatto almeno una volta a settimana, per riferirmi ogni cosa si svolga a palazzo e qualsiasi dettaglio dell'attività di Obolil. Ora vai."

"Sacerdotessa, vi chiedo umilmente perdono."

"La Dea non perdona gli incapaci."

Miril alzò le mani dal liquido nero. Nella stanza del contatto, celata nelle fondamenta del palazzo reale, la sua figura svanì. La nebbia ridivenne grigia e densa di fronte allo sguardo sollevato di Tuirl.

Capitolo 22

Re Beanor era a tavola. Aveva deciso di cenare solo per godersi lo spettacolo che si era fatto preparare.

Qualche giorno prima, camminando sulle mura del palazzo, aveva notato le graziose forme di una giovane servetta muoversi tra le casupole in basso. Subito invaghito, aveva immediatamente ordinato alle guardie reali di andare a prelevarla.

Su suo ordine, la fanciulla era stata affidata alle altre mogli per essere adeguatamente preparata. Poche ore più tardi, tuttavia, Beanor aveva deciso di non poter attendere oltre. A nulla erano valse le proteste di Aleia, secondo la quale la ragazza non era ancora pronta.

Osservandola, il re si rese conto che, in effetti, le mancava ancora molto per diventare una danzatrice, ma questo era un aspetto sul quale il sovrano poteva, al momento, tranquillamente soprassedere.

Con un cenno della mano stretta attorno a un cosciotto di pollo, fece cenno ai musicanti di fermarsi.

"Avvicinati!" ordinò alla fanciulla, continuando a masticare con gusto.

Cauta e un po' intimorita, la ragazza obbedì. Quando fu vicina al sovrano, lui le posò con decisione una mano sul fianco e, in malo modo, la obbligò a girarsi.

"Uhm..." muggì. "Posa le mani sul tavolo e abbassati!" Con attenzione, le scrutò il sedere, palpandolo in maniera approfondita.

"Interessante. Sodo, giovane, nessuna imperfezione." Beanor era rapito e incantato dalla perfetta rotondità di quei glutei. Li accarezzò e li palpò a lungo, poi le infilò una mano tra le cosce, spingendola fino a toccarle il sesso.

"Mi hanno assicurato che sei vergine. Se ti tengo, una di queste serate potremmo divertirci."

Con un dito esplorò la vulva. "Guarda come sei stretta... Niente male davvero!" Se lo portò al naso. "E che buon odore... Guardie!" urlò.

La giovane provò a tornare in posizione eretta, ma lui, con una manata sulla schiena, la costrinse a rimanere chinata. "Chiamatemi il consigliere."

Una guardia uscì dalla sala per tornare dopo pochi minuti in compagnia di Tuirl, che trovò Re Beanor ancora intento nel suo esame.

"Consigliere, osservate questo sedere. Cosa notate?"

L'anziano suddito pazientemente si avvicinò per guardare meglio. "Maestà, la fanciulla che ci è di fronte sembra molto graziosa. E credo senz'altro che rappresenterebbe un'ottima aggiunta, se è questo che desiderate sapere."

"Sì, sì, è chiaro. Ma guardate bene. Abbassatevi, se siete cieco."

Facendo del suo meglio per celare un certo fastidio, Tuirl obbedì.

"Maestà, mi sembra che le forme siano *estremamente* aggraziate."

Dando un forte schiaffo sul sedere della fanciulla, Beanor esclamò: "È piccolo! Non vedete? Non capite? È un sedere giovane e minuscolo, come piacciono a me. Come è possibile che tutte le mie mogli entrino a palazzo con un sedere così per poi lasciarsi andare?"

"Maestà, credo che... l'abbondanza e varietà di cibo che concedete alle vostre mogli le aiuti ad avere dimensioni più... generose. Ma posso assicurarvi che a mio parere tutte le vostre compagne conservano profili alquanto affascinanti."

Che debba ordinare loro di mangiare meno?, si chiese Beanor. *E se poi a letto fossero meno... energiche?*

"Va beh, non so perché chiedo a voi, che non vi siete mai fatto vedere in giro con una bella figa!"

Tuirl evitò di commentare.

Accortosi del disagio del consigliere, Beanor colse l'occasione per infierire ulteriormente.

"Corre voce, a palazzo, che stiate tramando qualcosa del quale io sarei all'oscuro! Cosa mi dite?"

Tuirl sbiancò. *Non può sapere della mia discesa nella camera di contatto. Nessuno può avermi visto.*

"Siete impallidito, a quanto vedo" lo stuzzicò il re.

"Maestà, voi sapete che mai potrei macchiarmi di un simile misfatto. Vi servo fedelmente da molti anni, e ho servito vostro padre prima di voi. Se esistono simili dicerie, vi sarei grato se poteste indicarmene la fonte in modo che possa prendere adeguati provvedimenti."

Re Beanor si mostrò pensieroso. Con una mano, tornò a palpare il sedere ancora immobile di fronte a lui e, con l'altra, si servì dal piatto delle carni. Addentò un cosciotto di agnello e, ancora con la bocca piena, fece sfoggio di tutta la sua presunta arguzia: "La vostra reazione non è per nulla convincente. Non è che queste voci hanno davvero un fondamento di verità?"

Lo aveva detto solo per provocarmi e io sono caduto come uno sciocco nel tranello.

Tuirl replicò in modo fermo e risoluto: "Maestà, in nessun modo e per nessun motivo potrei mai tramare alcunché del quale vi tenga all'oscuro!"

Beanor si mostrò alquanto dubbioso.

"E, relativamente alla vostra prima domanda, forse sarebbe il caso che non indugiaste oltre a privarvi del piacere che suscita in voi questa bella fanciulla" proseguì Tuirl.

Beanor riportò l'attenzione sul sedere che, durante la discussione, aveva continuato ostinatamente a palpeggiare.

"Consigliere, non mi tentate. Sapete bene che anche un re deve rispettare la tradizione. Finché non la prendo in moglie, non posso... servirmene."

"Allora si potrebbe organizzare il matrimonio!"

Beanor rimase con il cosciotto di agnello a mezz'aria. "Celebrare il matrimonio? Ora?"

"Perché no, Sire? Posso ordinare alle guardie reali di andare a prelevare i parenti della ragazza e disporre affinché si allestiscano i preparativi della celebrazione. Tra poche ore, questa fanciulla sarà nel vostro letto, pronta a soddisfare i vostri piaceri."

Beanor apparve fortemente combattuto: non ricordava un matrimonio celebrato con tanta rapidità. Osservò le rotondità di fronte a sé. *Non posso, non posso più aspettare.*

Notando lo sguardo perso del re, Tuirl sorrise tra sé e sé. *Ma dovrò scoprire l'identità di chi mi ha accusato.*

"Guardie!" urlò il re. "Portatela dalle mogli. Che sia predisposto il nostro matrimonio. E andate a chiamare i parenti. Voglio tutto pronto in meno di tre ore."

Uscendo, la giovane lanciò a Tuirl uno sguardo carico di odio.

Capitolo 23

Nel suo laboratorio, il mago Aldin si guardò intorno con occhi furtivi prima di pronunciare le parole dell'incantesimo.

Un'asse di legno scomparve, lasciando intravedere un piccolo ripostiglio colmo di oggetti di vario tipo e pergamene. Aldin ne estrasse una. Ci soffiò sopra per liberarla dalla polvere, la srotolò e l'appoggiò sul bancone, poi controllò tutti gli elementi che in precedenza aveva ordinatamente disposto uno di fianco all'altro. *Ci sono tutti. Decenni di ricerche, ma ora ho tutto il necessario.* Li prese a turno e con ognuno di essi scrisse nell'aria alcune parole in lingua sacra. Nel contempo, iniziò a cantare una melodia che riprendeva gli stessi vocaboli, senza staccare lo sguardo dalla pergamena stesa sul tavolo.

Dopo parecchi minuti, avvertì il suo corpo farsi più leggero. Il tono della voce e la velocità di movimento delle mani crebbero ancora di intensità. Mani e braccia iniziarono a perdere consistenza e a divenire trasparenti. Aldin continuò, assorto nel rituale. Tavolo, pavimento, soffitto e muri cominciarono a svanire, fino a quando ogni cosa scomparve del tutto. Sospeso nel vuoto, la pelle madida di sudore, intonò la melodia con tutto il fiato che aveva in gola. Le dita volavano nell'aria, così veloci che i suoi stessi occhi non erano più in grado di seguirne il movimento. Quando il suo corpo e la stanza intorno ripresero consistenza, mani e labbra si arrestarono improvvisamente. Il mago si guardò attorno. Il locale era vuoto, come aveva previsto, così aprì la porta e, con circospezione, uscì. Osservando il corridoio di fronte a sé, si rallegrò. *Si direbbe che gli avi di Sua Maestà fossero ancora dotati di buon gusto.*

Si affrettò fino a raggiungere una finestra. Affacciandosi, vide tre grosse navi librarsi sull'acqua del mare. Poi, una ad una, come dei lampi, si allontanarono.

Tempismo perfetto. Sono appena andati via. Non c'è tempo da perdere.

Avanzò ancora nel corridoio, con passo felpato, quando udì delle voci provenire da dietro una porta. *Nel palazzo gli adulti sono tutti morti. Che si tratti di...?* Vide la porta schiudersi e degli occhietti spaventati sbucare dallo spiraglio.

"Zalbia, te l'ho detto che non è uno di loro! Guardalo, è chiaro!"

Aldin capì all'istante chi fosse quel bambino che lo guardava incuriosito. Gli occhi erano gli stessi, e i lineamenti ricordavano la figura dell'immenso affresco che campeggiava nella sala del trono.

"Presto, presto, bambini! Se ne sono andati. Uscite da palazzo e raggruppatevi con gli altri sopravvissuti" li incoraggiò Aldin.

I bimbi non se lo fecero dire una seconda volta e sgattaiolarono via.

"Hai visto che non era uno di loro?" commentò Moltil dando una gomitata a Zalbia.

"M-ma se non è non u-uno di l-loro, chi è?" chiese Brunus, che cercava di tenere il passo degli altri due.

I tre svoltarono, scomparendo dietro un angolo.

Aldin percorse velocemente sale, scale e corridoi. Quando si trovò all'aperto, osservò la posizione del sole. *C'è ancora tempo.*

Prese le scale che portavano sulle alte mura, a picco sul mare. Lì, si voltò verso est: la costa si perdeva in lontananza. Il cielo era limpido, senza nuvole. L'acqua scintillava. Osservò meravigliato quel paesaggio a lui così ben noto, eppure tanto diverso. Molti dei villaggi e delle strade costruite nei secoli non esistevano ancora.

Estrasse dalla propria tunica uno strumento, che appoggiò sul muro del palazzo, e calcolò una serie di coordinate in base all'ora e al luogo in cui si trovava. Si guardò attorno. Il palazzo, come previsto, era deserto. La maggior parte degli adulti erano appena stati sterminati e i pochi sopravvissuti, in maggioranza donne e bambini, avevano cercato rifugio fuori dalle mura.

Aldin prese alcuni elementi dalle tasche della sua veste e iniziò a intonare una seconda melodia, scrivendo nell'aria. La consistenza del suo corpo iniziò a diminuire. Benché gli elementi fossero altrettanto rari e difficili da trovare, il rituale per il viaggio nello spazio era più semplice di quello temporale.

Le sue membra, le mura del palazzo, il mare, il cielo e il paesaggio divennero via via più trasparenti e scomparvero.

Si ritrovò in un villaggio dove l'odore di bruciato e il fumo gli resero subito più difficile respirare. Era in uno stretto vicolo, dove tutte le case erano state incendiate. All'interno di alcune si scorgevano ancora piccoli focolai. I tetti erano per lo più crollati, come gran parte dei muri.

Aldin si coprì la bocca con un panno e cercò di procedere tra le macerie. Dietro il muro diroccato di una casa, notò alcuni corpi carbonizzati. Si chiese se fosse stato il fuoco a ucciderli o se prima fossero stati i soldati. *Si erano solo ribellati per l'impossibilità di sostenere le troppe imposte, perché non riuscivano più a sopravvivere. E sono stati puniti ingiustamente.* Il pensiero di dover essere lui a cancellare il futuro dei loro discendenti continuava a non dargli pace.

Si voltò e, superate le macerie, procedette. La vista del mare e del porto si aprì davanti a lui. Tre navi erano già stracolme. Sulla quarta si stavano imbarcando gli ultimi. Una decina di persone era ancora sul molo, affaccendata nel caricare le poche cose a loro concesse. Alcuni avevano gli sguardi smarriti. Le donne piangevano. I bambini cercavano rifugio tenendosi alle loro sottane. I visi erano ancora anneriti.

Ad Aldin si strinse il cuore. Per quanto Beanor fosse un folle, omicida pervertito, non avrebbe mai potuto raggiungere il livello di brutalità del suo avo, soprattutto perché la memoria della punizione inflitta al loro popolo duemila anni dopo era ancora fin troppo viva.

Devo farlo! Il pensiero che un sacerdote sopravvissuto sull'isola potesse cancellare tutto ciò che aveva faticosamente raggiunto lo terrorizzava. *Questo sarà il colpo di grazia. E finalmente sarò libero!*

Dalle navi e dal molo, molti continuavano a guardare in direzione del villaggio, quasi come se faticassero a credere che tutto ciò era veramente avvenuto. Aldin si riparò dietro l'angolo di una casa, temendo di essere visto.

Continuano a cercare con lo sguardo le loro vite passate, le loro case, i momenti felici, le notti trascorse di fianco al calore del proprio sposo o della propria sposa, le serate nelle locande, le feste. Io ho ucciso il loro futuro. La mia pioggia di schegge ha sterminato la loro discendenza. E ora sono qui per assicurarmi che nessuno possa riportarli in vita. Ma ancora posso fermarmi, se lo voglio.

Rimase in paziente attesa. L'ultima a salire a bordo fu una donna. Un uomo le tese la mano per aiutarla. Lei gli passò il fagotto nel quale portava le poche cose scampate al massacro e all'incendio. Quindi i marinai levarono gli ormeggi.

Le altre tre navi, nel frattempo, avevano già preso la via del mare. La quarta si allontanò dal molo. Tranne i marinai, tutti gli altri guardavano il villaggio, proprio nella sua direzione.

Non sono io che gli ho fatto tutto questo. È stato l'antenato di

Beanor, quasi duemila anni prima che io nascessi. E se lui non li avesse sterminati, dalle terre del Sud non sarebbero intervenuti, aiutando i superstiti a trovare rifugio sull'isola di Turios, uccidendo il re e la corte di Ardis, e creando quella barriera che per duemila anni non avrebbe più consentito agli abitanti di Isk di navigare verso sud.

Io sto solo cercando di porre rimedio a tutto ciò.

Aldin uscì dal proprio nascondiglio. Se dalla nave qualcuno l'avesse visto, di certo non sarebbero tornati indietro.

Devo farlo, mi dispiace. Guardando in direzione delle navi, aveva quasi l'impressione che tutti gli occhi fossero puntati su di lui. Gli pareva di udire le loro invocazioni, urla che dal mare lo pregavano di lasciarli vivere. O forse erano quelle dei discendenti di quegli uomini e quelle donne che stavano prendendo la via del mare nella speranza di costruire quel futuro che aveva brutalmente distrutto.

Potrei lasciare loro almeno questi duemila anni di storie. Ma se lo facessi, avrebbero ancora la possibilità di tornare indietro nel tempo, modificare gli eventi e creare un nuovo ramo temporale che, nutrito, rinvigorirebbe, sovrapponendosi a quello generato dalle mie azioni. Mi dispiace, non posso lasciarvi vivere. Disegnato un cerchio nel terriccio davanti a sé, Aldin estrasse dalla bisaccia erbe, minerali e strumenti di precisione. Con questi ultimi calcolò le misure all'interno del cerchio e tracciò numerosi segni nelle giuste posizioni. Poi, meticolosamente, dispose erbe e minerali. Presa una pergamena, spostò la bisaccia fuori dal cerchio. Infine, con grande cura, si pose al centro della figura disegnata.

Iniziò a muovere le labbra. La cantilena, dapprima un mormorio, salì di tono e intensità. Con una mano tenne la pergamena di fronte ai propri occhi e con l'altra tracciò i segni nell'aria.

Il vento cessò il proprio moto. La polvere rimase immobile nell'aria. Il fumo delle travi bruciate smise di salire.

Benché concentrato su segni, gesti e canti, la sua mente non trovava pace. *Posso ancora fermarmi. Posso lasciar loro duemila anni di storia. È tutto ciò che gli rimane. Vivranno, godranno, gioiranno, fino a che un giorno, durante un matrimonio, una pioggia di schegge non lascerà che cadaveri sul terreno.*

No, no, no... possono tornare indietro. Possono sovvertire ogni cosa.

Lui, quella creatura orrenda, quell'essere indegno persino di fare il mendicante per strada, è arrivato a malmenarmi di fronte a tutti: è sceso dal trono e mi ha colpito ripetutamente, sotto gli occhi impietositi di tutta la corte: un mago sottoposto alla pubblica umiliazione.

Mi dispiace... devo farlo, è l'unico modo.

Gesti e melodia si mescolarono in un unico flusso, che riempì gli spazi intorno a lui. Pronunciò, a conclusione del rituale, le fatidiche tre parole in lingua sacra.

Sulle quattro navi, ormai lontane nel mare, numerose assi di legno cominciarono a scricchiolare. Goccioline di acqua salata si fecero strada attraverso minuscole fessure.

Aldin visualizzò quanto sarebbe accaduto nelle sei ore successive: le infiltrazioni avrebbero indebolito la struttura degli scafi e i marinai avrebbero tentato inutilmente di riparare una falla mentre altre dieci se ne sarebbero aperte; i ponti delle navi sarebbero scesi sempre più verso il pelo dell'acqua e i capitani avrebbero consultato febbrilmente le carte nautiche per valutare se ci fosse il tempo per approdare su un'isola vicina o per tornare nel porto di provenienza.

No, non ne avrete il tempo. Ho calcolato ogni cosa. Sarete lontani da tutto e da tutti. Nessuno potrà venire in vostro soccorso. Nelle terre del Sud neppure si accorgeranno di quanto vi accadrà. Continueranno a credere che vi stiate dirigendo verso l'isola di Isk, verso la salvezza e il vostro radioso futuro.

In preda alla disperazione, uomini, donne e bambini si sarebbero stipati sui ponti. Quando le navi si sarebbero inabissate, qualcuno avrebbe provato a salire sugli alberi per garantirsi qualche minuto in più di vita, mentre fratelli, sorelle, madri e padri sarebbero stati già nell'acqua, a tremare per il freddo, a sentire il battito del cuore spegnersi lentamente. Il tremolio dei denti si sarebbe arrestato e le labbra, congelate, sarebbero rimaste socchiuse, incapaci di lasciar fuggire un ultimo grido di dolore, una richiesta di aiuto o un estremo incoraggiamento per la persona amata che, poco più in là, sarebbe morta congelata.

Addio, popolo di Kaj.

Capitolo 24

Bashinoir si era pienamente ristabilito. Subito dopo colazione, Lil e Miril si allontanarono per portare avanti i lavori rituali. Bashinoir pregustava il momento in cui si sarebbe trovato nuovamente tra i boschi, sui sentieri della sua isola. E in riva al mare. L'odore e la vista dell'immenso oceano gli mancavano quasi quanto il conforto delle calde membra di Lil sotto le lenzuola.

Sarò solo. In quei luoghi dove un tempo mi muovevo con i miei amici e gli altri lavoratori, ora camminerò in solitudine.

Si avvicinò al portone del Tempio e, dopo averlo aperto, assaporò l'aria frizzante che lo sferzò in viso. Era una bella giornata di sole. I raggi si insinuavano tra le foglie del bosco facendo brillare la candida neve del piazzale di fronte al Tempio.

Della pioggia di schegge e dei cadaveri non c'era la minima traccia.

Bashinoir scese gli scalini dell'ingresso, fermandosi ancora una volta ad assaporare l'aria. Si voltò istintivamente a nord-ovest, in direzione del villaggio, ma preferì incamminarsi invece verso est. I sentieri erano coperti di neve soffice. Una volta nel bosco, ogni tronco sembrava volergli riportare in mente un istante del suo passato.

Quando era piccolo, amava giocare nei boschi. Adorava nascondersi in posti che solo lui conosceva. Erano le sue *tane* e lì si sentiva protetto e al sicuro.

Qualche anno più tardi, aveva precocemente imparato a cacciare, diventando un infallibile predatore.

E, tra quelle foglie e quei rami, aveva per la prima volta baciato Lil, la donna che era diventata sua moglie.

Fin da piccola era così bella. Il corteggiamento era durato anni, finché un giorno, mentre passeggiavano, con un'espressione candida lei gli aveva chiesto: "Allora, Bashinoir, quando mi bacerai?" Lui non aveva perso tempo, l'aveva stretta a sé e l'aveva baciata, non desiderando altro che rimanere insieme a lei per sempre. E suo padre? *Quante cose mi ha insegnato in questi luoghi...* Quell'uomo sembrava conoscere ogni pianta, albero e animale. Di ognuno sapeva i segreti più reconditi e le proprietà curative.

"Non conosciamo il nostro futuro e dobbiamo sempre essere

pronti ad ogni evenienza" gli aveva spiegato. Ma su quell'isola, lontani da tutti, cosa sarebbe mai potuto accadere? Da quando il suo popolo era giunto lì, era prosperato pacificamente. Le leggende del passato ormai incutevano paura solo ai bambini.

Bashinoir iniziò ad avvertirne il richiamo da molto lontano; la musica del mare. Visualizzò nella mente le onde che raggiungevano la spiaggia, bagnandola, per poi ritirarsi. Aveva l'impressione che, una volta sulla spiaggia, avrebbe ritrovato quella pace che aveva perduto. Affrettò il passo, ansioso; nell'aria il profumo diventava sempre più intenso.

Gli alberi si diradarono e l'immenso specchio d'acqua si stagliò davanti a suoi occhi. Abbassò le palpebre, quasi tanta bellezza potesse fargli male. Inspirò profondamente e una nuova energia lo pervase. La forza dell'elemento penetrava in ogni sua fibra. Li riaprì. Il riflesso del sole disegnava una strada dorata che giungeva fino a lui. Avanzò. La neve copriva la spiaggia fino a qualche metro dall'acqua. C'era un piccolo scoglio a qualche passo dalla riva.

L'immagine di Lil, sua moglie, seduta su quella roccia a godersi il calore di una giornata della bella stagione, lo colse all'improvviso. Provò un moto di rabbia. Perché, dopo tutto quello che avevano dovuto passare, lei non era lì con lui? *I riti, i templi, le protezioni. La nostra sopravvivenza. Sì, è giusto che lei si sia incamminata su questa nuova via. Anzi, è necessario.*

Si sforzò di pensare a qualcosa di diverso. Non poteva sopportare altro dolore. Si incamminò lungo la riva. Dopo un centinaio di metri, la spiaggia lasciava il posto a una scogliera che saliva d'altezza. Bashinoir camminava a passo svelto, osservando il bosco, il mare, la costa. Si fece strada nella neve, tentando di lasciare la mente sgombra. Credette di trovarsi nuovamente solo nel suo elemento. Ma anche lì era venuto numerose volte con Lil. Si chiese se vi fosse un luogo sull'isola dove non era mai stato in sua compagnia. *Ma il dolore proviene da dentro di me, non da qui fuori.* Continuò a camminare. La roccia, adesso, cadeva a strapiombo sul mare, decine di metri più in basso. Era uno splendido punto panoramico, uno dei suoi preferiti, così si fermò ad ammirare ancora una volta il mare. Scrutò la costa, verso nord.

Una strana ombra gli sembrò solcare il pelo dell'acqua. Guardò attentamente. *Che si tratti di un grosso pesce?* I pesci di grossa taglia non nuotavano in quella zona. L'ombra si avvicinò alla costa, nel luogo in cui si trovava lui. Procedeva con un'andatura lineare. *Un pesce non si muoverebbe così.*

Bashinoir si inginocchiò nella neve, appoggiando le mani alla sporgenza dello scoglio, per poter vedere meglio. La macchia aveva una forma piuttosto irregolare, mutevole, informe: tondeggiante sì, ma con continui cambiamenti. *No, non è un pesce, ma qualcos'altro.*

Quando fu sotto di lui, si sporse per osservare meglio. La forma arrestò il proprio movimento.

Incuriosito, Bashinoir la esaminò. Ebbe quasi la sensazione che quell'ombra stesse ricambiando lo sguardo, rimanendone stranamente intimorito. *Ma no, cosa vado a pensare? Sarà qualche animale marino. Sono solo troppo in alto per capire di cosa si tratti.*

Si accorse di sentirsi leggero, tranquillo e rilassato come non gli capitava da molto. Lasciò che molti pensieri fluissero liberamente. Fu come se una vecchia gli narrasse un'antica storia: la pioggia di schegge, la scomparsa dei cadaveri, la sacerdotessa, il Tempio, l'ultimo abbraccio di Lil. Ma il dolore e la disperazione che lo avevano sopraffatto fino a pochi istanti prima erano scomparsi. Il fastidioso dolore alla ferita sul polpaccio era sparito. Scrutò ancora la macchia sotto di lui. Le onde la facevano fluttuare in alto e in basso. Improvvisamente, si allontanò, non più lungo la costa, ma verso il mare aperto.

La disperazione irruppe nel suo animo come un fiume in piena. La pesantezza del recente passato e della sua triste condizione lo schiacciò fino a togliergli il respiro e inumidirgli gli occhi. Si portò una mano al polpaccio, dove la ferita aveva ripreso a pulsare di dolore.

Capitolo 25

"Maestro, con la proiezione ho trovato un uomo sulla costa!"

Incuriosito, Obolil alzò gli occhi sull'apprendista che, alzandosi dalla branda, stava parlando in modo concitato e con gli occhi luccicanti per l'emozione.

Di già? "Sei sicuro? O si è trattata solo di un'illusione, una delle poche cose che quello stolto di Aldin sembra averti lasciato in eredità?"

Ilis esitò. *Che abbia ragione? In effetti, già non padroneggio granché il viaggio astrale e una proiezione a distanza è ancora più difficile. Eppure, ho avuto la netta sensazione...*

Di fronte allo sguardo incerto di Ilis, Obolil si spazientì. "Avanti, avanti, dimmi cos'è successo."

Ilis fece un bel respiro, cercando di prendere coraggio per tornare su quanto appena accaduto: "Ero in astrale, fermo al di qua della barriera, come mi avete ordinato. Ho inviato una proiezione sulle coste dell'isola. Questa volta sono riuscito a percepire distintamente la spiaggia, gli scogli, gli alberi. Ho iniziato a circumnavigare la costa, fino a quando mi è sembrato di percepire una frequenza umana non molto lontano. Ho provato ad avvicinarmi, ma la mia proiezione è ancora molto debole e non sono riuscito a farla sollevare dal pelo dell'acqua. L'uomo era in un punto molto alto della costa, ma è parso che si fosse inginocchiato per guardare nella mia direzione."

Uhm... se fosse vero, sarebbe strabiliante. Non avrei mai immaginato che questo ragazzo potesse progredire tanto velocemente. Ah, se solo non avesse perso gli anni migliori dietro alle stupidaggini di quello stolto di Aldin!

Ilis scrutò a fondo l'espressione del mago, augurandosi di aver finalmente compiuto un'azione in grado di impressionarlo positivamente. "E i pensieri? Sei riuscito a percepirli?" gli domandò bruscamente Obolil.

"N-no, maestro. Ma, come vi dicevo, quell'uomo era molto in alto. Ho solo captato qualche emozione." Avrebbe voluto continuare, ma lo sguardo quasi beffardo del mago spense in lui ogni entusiasmo per la riuscita dell'impresa.

"E dunque? Quali emozioni avrebbe provato quest'uomo?"

Ilis, sempre più incerto, provò a rispondere: "Beh, ecco... mi è sembrato che si sentisse solo. È scontento... ecco, decisamente scontento. Mi è sembrato che fosse decisamente in un brutto momento, anche se il luogo dove si trovava gli dava un certo conforto."

Bene, bene...

"Bene, bene. Allora cercherai di proiettarti il più spesso possibile in quel punto. Lui potrebbe tornare, e tu dovrai esserci. Quando si è accorto della tua proiezione, come pensi che abbia reagito?"

"Beh, ho avuto l'impressione che provasse una certa curiosità. Ho fatto come mi avete insegnato, maestro, e ho emanato un influsso di energia positiva. È stato molto faticoso, ma credo che lui ne abbia avvertito gli effetti."

Se solo potessi andarci io! Obolil si rammaricò di non aver più le forze necessarie per viaggi astrali così prolungati.

"Se ti capiterà di incontrarlo di nuovo, dovrai cercare di attirarlo in un punto più basso della costa. Spostati lentamente, fa' in modo che ti segua. E cerca di portarlo dove sarai in grado di leggerne i pensieri. Quando ci riuscirai, non esagerare. Abbi un tocco molto lieve, non deve accorgersene. Leggi tutto quello che puoi. Non più di qualche minuto. Cerca di emanare verso di lui una sensazione di calore, poi torna da me a riferire. Dobbiamo fare in modo che si ripresenti il più spesso possibile, magari ogni giorno. Quando avremo compreso a fondo i suoi pensieri e i moti del suo animo, cercheremo di capire come manipolarlo."

Forse è rimasto piacevolmente colpito, ma non vuol darmelo a vedere, si consolò l'apprendista.

Capitolo 26

Nella grande cucina, a tavola Lil tracannava le parole del marito. Bashinoir aveva raccontato loro dei lavori della giornata. Aveva esplorato l'isola in cerca di cambiamenti, senza trovare nulla di particolare. Era stato al villaggio. Le case erano fredde e disabitate. Tutto era rimasto fermo al giorno della pioggia di schegge. Aveva accudito gli animali che, benché affamati, nelle stalle erano tutti sopravvissuti. E aveva iniziato a costruire le nuove strutture nei pressi del Tempio. Dalle sue parole, le sembrò che Bashinoir fosse ansioso di terminare l'opera. *Forse non vede l'ora di non dover più tornare al villaggio.*

A sentirlo parlare del tempo trascorso fuori dal Tempio, a Lil salì un groppo alla gola. Osservò Miril, augurandosi che la sacerdotessa non si accorgesse dei suoi sentimenti.

Bashinoir non accennò alla loro vecchia casa e lei non ebbe il coraggio di fare domande in proposito.

"Bene," disse Miril con un lieve sorriso, "sapere che gli animali sono in buona salute è molto confortante."

Bashinoir e Lil furono colti di sorpresa da quelle parole. Quando mai una sacerdotessa si era preoccupata della salute degli animali?

Lil provava un leggero imbarazzo. Avrebbe voluto trovare un modo per rallegrare la serata. Dopotutto, erano vivi e avevano il diritto, anzi, il dovere di cercare di fare del loro meglio per essere almeno un po' felici. Bashinoir e Miril, però, nonostante i sorrisi di quest'ultima e l'atteggiamento rispettoso del primo, sembravano appartenere a due mondi troppo distanti. "Vorreste ascoltare un canto?" chiese loro.

Bashinoir e la sacerdotessa si voltarono verso di lei; lui sorpreso, lei placida.

"Ma certo, perché no?" le rispose Miril.

Lil si alzò in piedi, si avvicinò al focolare, fece un bell'inchino e iniziò a intonare un motivo che le cantava spesso sua madre.

Era una delle leggende del suo popolo. Narrava di come i loro antenati, una volta approdati a Turios dopo esser fuggiti in mare da Isk, avessero iniziato a costruire le case e il Tempio. Mentre sull'isola costruivano le nuove case in cui scaldarsi, il primo nucleo del Tempio, nulla più di sassi disposti a cerchio su un prato, aveva fornito loro la protezione necessaria per vivere serenamente.

Era una bella melodia, intrisa di sentimenti di speranza e aspettative per il futuro.

Cantando, Lil osservava Bashinoir, che appariva commosso. La musica finalmente pareva smuoverlo. Finito il canto, Lil fece un nuovo inchino.

"Però loro erano un intero popolo. Erano in fuga dalla loro terra e hanno scelto di stabilirsi qui. Noi siamo solo in tre" rifletté ad alta voce Bashinoir.

Il primo a stupirsi di quelle parole fu proprio lui. Non avrebbe mai immaginato di potersi esprimere con tanta libertà in presenza della sacerdotessa.

"Cosa potremmo fare a parer tuo, Bashinoir?" chiese lei.

Capì che non poteva più tirarsi indietro. "Forse, sacerdotessa, dovremmo prendere la via del mare. Oggi sono rimasto a lungo a osservarlo. Ne guardavo la maestosità e ne percepivo anche le promesse. Forse moriremo, anzi, è probabile, ma qui cosa ci aspetta?"

Si sente solo. Miril e io, dedite tutto il giorno ai faticosi impegni rituali, non abbiamo neppure il tempo per indugiare in questi pensieri, pensò Lil.

"È una possibilità" replicò Miril, "tuttavia non abbiamo carte nautiche e neppure un'imbarcazione. I nostri avi si sono liberati di tutto perché volevano che rimanessimo qui sull'isola. Da tempo mi chiedo se l'isolamento in cui ci hanno volutamente costretto e lo sforzo per i rituali a protezione del Tempio non abbiano un significato più alto. In ogni caso, loro non volevano che prendessimo nuovamente la via del mare."

Sa molto di più di quanto voglia dirci. Da quando Lil studiava con Miril, aveva iniziato a rendersi conto di quanto vaste fossero le sue conoscenze del mondo e di come la sua visione di esso differisse dalla loro.

Le due donne e l'uomo erano esausti per la dura giornata di lavoro. Bashinoir, udita la risposta, ritenne chiusa la questione e chiese garbatamente di congedarsi. Dopo che Miril e Bashinoir si furono allontanati, Lil si occupò di qualche faccenda domestica prima di ritirarsi nei suoi appartamenti.

Era il momento che le piaceva meno della giornata. Trascorrere le ore diurne in compagnia di Miril era rassicurante. Spesso era faticoso, a volte aveva l'impressione di non resistere, ma quei doveri l'aiutavano a tenere la mente impegnata. Ora, invece, sola nella sua stanza con i suoi pensieri, si sentì nuovamente avvolta da tristezza e malinconia.

Un delicato bussare alla porta la fece sussultare.

"Ho visto la luce accesa da sotto la porta. Non riesci a dormire, Lil?" le chiese Miril, entrando, con indosso la veste da notte e i capelli sciolti.

Nonostante tutto il tempo trascorso insieme, Lil ancora non se la sentiva di affrontare questioni troppo personali. "Non è niente. È solo che non riesco ancora ad abituarmi a questi nuovi locali."

"E a questa solitudine, immagino" aggiunse la donna, sorridendo.

"In effetti, sì" ammise Lil. "È da molti anni che dormo con lui, e prima dormivo con le mie sorelle."

"Capisco."

Miril continuò a sorriderle con grande tenerezza. "Preferiresti non rimanere da sola?"

Lil sgranò gli occhi. *Perché me lo chiede? È stata lei a mettere in chiaro che, con l'inizio del noviziato, non avrei più potuto giacere al fianco di Bashinoir. Che sia cambiato qualcosa?* Una speranza si riaccese nel profondo del suo animo. "Mi piacerebbe" rivelò, non senza un certo imbarazzo.

"Vuoi che mi fermi a dormire con te?"

Lil si sbigottì: non era la proposta che si aspettava. Si augurò che la sacerdotessa non si sentisse offesa a causa dell'espressione di stupore che sicuramente le si era disegnata sul viso. "S-sì, sarebbe bello; non pensavo che fosse consentito..." Le sue parole le suonarono strane. *La sto sicuramente offendendo.*

"Abbiamo già dormito insieme. Ricordi le prime notti davanti al focolare?" continuò tranquilla Miril, accortasi del suo turbamento.

"Sì, ma ora..." Lil si ritenne una stupida a mettere in dubbio le parole di Miril. "Mi piacerebbe molto" si affrettò a correggersi. Non era Bashinoir, ma era infinitamente meglio della solitudine. Non riuscì a trattenere un profondo sospiro.

"Bene. Mi faresti un po' di posto?"

Miril le apparve molto contenta. Lil si mise da una parte del letto e la donna si sistemò al suo fianco.

Lil era tesa; non osava muoversi nel letto. Miril aveva un ottimo odore. I suoi capelli profumavano di essenze floreali.

Forse ne è davvero felice. In fondo, potrebbe essere qualcosa di nuovo e piacevole per lei, rifletté Lil.

Le fatiche della giornata ebbero la meglio e Lil si lasciò andare a un sonno molto tranquillo.

Durante la notte sentì freddo. Dall'oscurità capì che il camino si era spento. Si chiese nel dormiveglia se fosse il caso di riaccendere il fuoco, ma un caldo abbraccio le diede conforto e riprese a dormire felice.

Capitolo 27

Re Beanor tamburellava nervosamente con le dita sul bracciolo della poltrona. Il grande salone delle cerimonie era sontuosamente addobbato. I nobili della città erano accorsi non appena avevano ricevuto notizia dell'evento dalle guardie reali. Quasi tutte le mogli del re erano presenti. Alcune erano ancora intente a dare ordini alla servitù per rendere presentabili i familiari della ragazza che il re stava per sposare.

Beanor fece cenno al consigliere Tuirl, seduto in prima fila, di avvicinarsi: "Quanto ci vorrà ancora? È già mezz'ora che aspetto!"

Tuirl si strinse nelle spalle: "Sire, abbiamo organizzato un matrimonio in poco più di poche ore, per di più di sera. I nobili sono accorsi in tutta fretta. I sarti, però, stanno ancora adattando gli abiti per i familiari di Milia, che purtroppo non ne avevano di adeguati."

"Milia? E chi sarebbe?"

"Sire! È il nome della vostra futura moglie."

"Ah..." pronunciò Beanor, impaziente. *Voglio scoparmela! Voglio quel bel culo tra le mie mani. Voglio vederla piegarsi davanti a me. E poi gliela farò pagare per avermi fatto aspettare tanto.*

Una guardia reale giunse trafelata e chiese rispettosamente udienza al re e al suo consigliere.

"Sì, sì, parlate!" concesse Beanor, infastidito.

"Maestà, il padre della ragazza non si trova! La moglie ci aveva detto che era di ritorno da un viaggio di lavoro. Gli siamo andati incontro sulla strada che percorre abitualmente. Avremmo dovuto incrociarlo in una locanda a non più di un'ora di cavallo da qui, per prelevarlo e condurlo al matrimonio, ma non l'abbiamo trovato. L'oste ci ha detto che sicuramente, a causa del tempo avverso, non è ancora riuscito a superare il colle Sclir. Purtroppo, il primo paese al di là di esso si trova a più di sei ore di cavallo." La guardia parlò tutto d'un fiato, senza fermarsi. L'impazienza del re era leggendaria e tutti sapevano che, qualora le spiegazioni non fossero state di suo gradimento, sarebbe stato capace di reazioni alquanto inusuali.

Tuirl tacque. Lo sguardo del re era torvo.

"E allora? Cosa possiamo fare?"

"Maestà, la tradizione esige la presenza del padre della sposa" gli ricordò il consigliere.

Dannati contrattempi. Beanor ripensò alle rotondità della ragazza. Era così vicino! Aveva ordinato una cerimonia particolarmente breve. Appena pronunciato il solenne giuramento, quando nobili e mogli avrebbero iniziato a gozzovigliare a sue spese, lui se la sarebbe portata in uno qualsiasi dei cunicoli intorno al salone. Non esisteva per lui cosa più bella: prendere una giovane, sbatterla sul nudo pavimento o contro il muro e possederla con tutta la propria virilità, mentre il sangue verginale le colava lungo le cosce, un urlo sommesso cercava di farsi strada tra le dita che le tappavano la bocca, e la testa si dimenava sotto la mano che le tirava i capelli.

Beanor non riusciva a pensare ad altro; ormai ci era così vicino, e non poteva rinunciare proprio ora. L'immagine del sedere della fanciulla continuava a tormentarlo. "Dobbiamo fare il matrimonio senza il padre. Consigliere, ordinate di portare i familiari della ragazza, così come sono vestiti. Iniziamo la cerimonia."

"Maestà, non è concesso dalla tradizione prendere una giovane in moglie in assenza del padre, a meno che..."

Perché questo mentecatto osa controbattermi?

"... la ragazza non sia orfana. Ma sappiamo bene che quello di Milia è vivo."

Per gli dèi! Ma com'è possibile che tutto sia contro di me. Sono il re! Possibile che non si possa fare come dico io?

"Consigliere," ribatté Beanor, con sguardo minaccioso, "voi avete avuto l'idea di questo stupido matrimonio. E voi troverete una soluzione, se non volete che vi prenda a calci nel culo davanti a tutta la corte!"

Tuirl si guardò attorno, imbarazzato. Non aveva idea di come risolvere il problema e l'umore di Beanor stava visibilmente peggiorando. Per fortuna, la sala gremita di ospiti illustri gli avrebbe probabilmente impedito di lasciarsi davvero andare a uno scatto d'ira.

Se devo pensare a tutto io, cosa me ne faccio di questo cretino?

D'improvviso, Beanor si sentì felice come un bambino per aver trovato una soluzione illuminante: "Dichiariamo il padre morto! Così potremo procedere con la cerimonia!" esclamò soddisfatto, certo che il suo colpo di genio avrebbe chiuso la questione.

Tuirl, sommessamente, si permise di osservare: "Maestà, ma il padre della ragazza non è morto."

"Tuirl, siete un bifolco senza fantasia! Lo so che è vivo, ma noi diciamo che siamo andati a cercarlo per il matrimonio e alla locanda ci hanno comunicato che, a causa di un incidente sulla strada, è morto!"

"Se questa è la vostra volontà, Sire, così procederemo. Mi permetto tuttavia di sottolineare che il padre domani o dopodomani potrebbe essere di ritorno. E questo creerebbe un certo scandalo."

Questi nobili... I loro sguardi, sempre a giudicarmi! Mi temono ma, appena fuori di qui, si mettono a sparlare di me. Al possibile ritorno del padre in effetti non aveva pensato.

Congedò la guardia, che era rimasta impalata a pochi passi di distanza, e fece segno a Tuirl di avvicinarsi. "Allora facciamo in modo che non torni."

Tuirl sgranò gli occhi: "Maestà, ma cosa dite? Non possiamo far uccidere il padre della vostra futura sposa!"

A Beanor prudevano le mani. Sentiva di doversi scagliare contro qualcosa o qualcuno, ma con la sala gremita di ospiti non gli sembrava appropriato. Cercò di concentrarsi. *Uhm, torniamo al cuore della questione: devo scoparmi quella ragazza. Ora o tra pochissimo.*

L'immagine di quel sedere continuava a tormentarlo. Così piccolo, così ben fatto, puro, mai toccato prima. Cercò di distrarsi, spostando l'attenzione sulle gambe, sulle caviglie sottili, sui piedini graziosi, sul viso seducente, sulle labbra fatte per schiudersi sul suo membro.

E poi, ogni tanto, quella ragazza di cui non ricordava bene il nome si lasciava sfuggire quell'aria quasi strafottente. Era proprio il genere di donzella che lui adorava addomesticare. Le portava a letto, le costringeva a delle vere e proprie porcherie e, quando loro osavano ribellarsi, lui sapeva bene come domarle. Sentiva di averne bisogno, non poteva indugiare oltre.

Osservò il nutrito gruppo delle sue mogli. E se si fosse consolato con una di loro per quella notte? O magari con tre o quattro. No. Sapeva che quell'ossessione era più forte di lui. E sapeva che, finché non avesse raggiunto lo scopo, non avrebbe avuto pace.

"E se, anziché ucciderlo, lo mandassimo in esilio?"

Tuirl si mostrò ancora più perplesso di prima. "Sire, se ora dichiarassimo la morte del padre di Milia, la notizia trasformerebbe il matrimonio in un funerale. I pianti, le urla e i lamenti dei familiari rovinerebbero la cerimonia. E lo stesso umore della giovane non sarebbe dei migliori. Rischiereste di veder comunque vanificato il vostro scopo. Una ragazza disperata per la morte del padre non è esattamente il genere di avventura al quale ambite."

Beanor provò a immaginare la scena: la sposa vestita di nero, persa a terra in un pianto inconsolabile, e lui che le si avvicinava, il membro eretto. Si inginocchiava davanti a lei, la prendeva per i capelli e le faceva alzare il viso, rigato di lacrime. Lei lo guardava supplichevole. Lui le sussurrava che così si sarebbe subito sentita meglio e poi le spingeva la cappella tra le labbra. Lei continuava a singhiozzare disperata, ma iniziava a fare il proprio dovere, fino a quando lui esplodeva in estasi tra le sue labbra e sul suo viso; lo sperma che si mischiava alle lacrime.

In fondo, non era affatto uno scenario da disprezzare.

Capitolo 28

Il principe Beanor rientrò nella propria camera da letto, con in mano il suo regalo di compleanno.

"Oh, vi chiedo scusa, principe. Non sapevo sareste stato di ritorno così presto. Tolgo subito il disturbo," gli disse Braila, una delle sue cameriere.

"No, no... prego, continuate pure. È che... non vedevo l'ora di venire a leggere il libro che mio padre il re mi ha regalato. Le celebrazioni per il mio compleanno riprenderanno tra un paio d'ore."

"Ah, bene. Sembra essere un bel libro" osservò la donna, rimirando l'imponente copertina in pelle intarsiata.

"Sì, lo è, vedete? Ci sono tutti i re degli ultimi duemila anni."

"Oh... che bello! Allora, un giorno, il maestro scrittore aggiungerà anche voi. E temo che non avrete più tanto tempo per soffermarvi a parlare con la servitù."

"Ma no" le rispose Beanor, lusingato. "Cosa dite? Sarò un bravo re, vicino a tutti i sudditi, come mio nonno, Bolis IV."

Braila gli sorrise, fece un inchino e si rimise a spolverare gli scaffali della libreria, dandogli le spalle.

Il principe si buttò sul letto, con il suo prezioso libro in mano.

Lesse le prime pagine, lasciandosi catturare dai propri sogni a occhi aperti. *Un giorno sarò re e i maestri annoteranno fedelmente le mie gesta. Tutti potranno leggere delle imprese del grande e invincibile re Beanor! Abbatterò la barriera e conquisterò le isole e le terre del Sud!*

Braila lavorava dall'altra parte della stanza, voltata di schiena. La gonna verde smeraldo la copriva fino alle caviglie. Aveva i capelli neri, raccolti in una treccia. L'occhio del principe si soffermò a seguirne i movimenti.

Lei si voltò: "Avete bisogno di qualcosa?"

Ma come ha fatto a capire che la stavo osservando?, si chiese Beanor. "N-no. Ero sovrappensiero."

"Ah." Riprese a lavorare e il principe si immerse nuovamente nella lettura.

"E c'è qualche donzella che ha già conquistato il cuore di un così bel principe?" gli chiese Braila, con aria noncurante.

"No... ecco, io... non penso a queste cose" replicò il giovane, profondamente imbarazzato. *Forse è il caso che le chieda di lasciarmi solo.* Ma quella presenza in camera gli dava un certo conforto.

Sprofondò ancora una volta nella lettura. Di tanto in tanto, con la coda dell'occhio, controllava i movimenti di Braila che, infine, si avvicinò al letto per spolverare un comodino.

Il giovane Beanor si finse assorto nella lettura, a disagio per quella vicinanza.

"Di quale sovrano state leggendo?"

"Eh, qui si parla di re Atril XIII, di quando guidò una spedizione a nord in cerca di un varco per sfuggire all'isolamento."

"Ah... il sovrano ritratto con i lunghi baffi senza barba nella galleria dei sovrani?"

"Eh sì, vedete, anche qui sul mio libro c'è un suo ritratto."

Braila si chinò per guardare. Involontariamente l'occhio del ragazzino cadde sulla generosa scollatura. Subito lo distolse.

"Oh, dev'essere stato un grande sovrano, come tutti quelli della vostra stirpe."

"Sì, è uno dei miei preferiti, anche se purtroppo ha dovuto pagare con la stessa vita per la sua coraggiosa impresa."

"Ah ecco, come mai?"

"Purtroppo non ha mai fatto ritorno, come le tre spedizioni inviate da suo figlio per cercarlo."

"Oh poverini! Sono certa che, quando sarete re, continuerete l'opera di vostro padre e riuscirete ad abbattere la barriera."

Beanor si beava per la fiducia di quella donna, che conosceva da sempre e che l'aveva sempre sostenuto con parole incoraggianti.

"Del resto, sembrate già un ragazzino molto promettente," aggiunse Braila, in piedi al lato del letto.

"Credete?"

"Certo. Perché mai ne dubitate?" la donna era a conoscenza di cosa tormentasse il giovane.

"Beh, nelle prove non sono mai il migliore. E mio padre il re mi osserva senza dire nulla. A volte quello sguardo così duro mi fa paura." C'erano poche persone con le quali apriva il suo cuore. Quella serva era una di queste.

"Oh, principe Beanor. Il re è orgoglioso di suo figlio, solo che non vuol darlo a vedere. È fatto così. Ha tante cose a cui pensare. Ha un carattere duro, ma sicuramente vi vuole bene."

Beanor avrebbe tanto desiderato una parola gentile da parte di suo padre, eppure non ricordava di averne mai sentita una.

Una lacrima gli rigò il viso e cadde sul libro, macchiando il ritratto di re Atril.

“Oh, ma cosa fate? Non dovete commuovervi in questo modo. Mi ricordate quando eravate piccolino e vi tenevo in braccio. E ora, guardate che bel giovane che siete diventato” lo consolò Braila, sporgendosi nuovamente per abbracciarlo.

Beanor si sentì stringere il viso sul prosperoso seno e smise di singhiozzare, allietato da quella confortante vicinanza.

Quando la donna si rialzò, il principe continuò a fissarle la scollatura.

Lei lo lasciò fare, commentando infine: “Uhm, ho l’impressione che le donne inizino a interessarvi.”

Beanor fu immediatamente consapevole del proprio sguardo: “Oh... ecco, io... Vi chiedo scusa, non volevo.”

“Non avete fatto nulla di male, anzi. Avete mai visto una di queste?” gli chiese, alludendo con gli occhi al proprio seno.

“N-no... certo che no. Cioè... non che io ricordi.”

“Oh, ecco, non si dovrebbe fare. Ma se volete, visto che è il vostro compleanno...”

Il ragazzino sgranò le palpebre. Gli sarebbe piaciuto, eccome, ma non osò rispondere.

“Allora? Beh, immagino non siate ancora interessato. Verrà il tempo in cui forse lo sarete” concluse Braila, facendo un passo indietro.

Beanor alzò una mano verso di lei: “Aspettate! Per favore. Sì, vorrei vedere… come sono fatte.”

Braila sorrise compiaciuta e si allontanò, con gran disappunto del principe, ma solo per andare ad abbassare il chiavistello della porta. “Forse è meglio che nessuno entri, durante il vostro esame.”

Il principe deglutì, chiedendosi cosa lei potesse aspettarsi a quel punto da lui. Rimase immobile.

Braila si avvicinò e andò a sedersi sul bordo del letto. Molto lentamente, iniziò a slegare i laccetti della camicetta bianca che portava sotto l'abito color smeraldo. Quando furono tutti aperti, fissando il ragazzo negli occhi, gli domandò: “Allora, siete curioso?”

“S-sì, aprite, vi prego.”

La donna tirò la camicetta in basso e di lato. Ne fuoriuscirono due splendidi seni.

Beanor si sentì avvolto da un vortice di emozioni. Il respiro corto, riuscì solo a dire: "Sono belli. Ecco... direi... molto belli."

Braila sorrise. "Trovate? Mi fa molto piacere."

Il giovane alzò la mano destra, ma subito la ritrasse. Poi, facendosi nuovamente coraggio, osò: "P-posso toccare?"

"Eh, non si dovrebbe fare. Ma visto che è il vostro compleanno."

"Oh, grazie," le rispose Beanor, alzando la mano tremante e appoggiandola con delicatezza sul seno di Braila.

"Sembra che sappiate già come accarezzare con grazia una donna… e sembra che la cosa non vi dispiaccia affatto" commentò lei, alludendo all'intensa erezione che premeva sulla patta dei suoi pantaloni.

"Oh... eh..." subito Beanor ritrasse la mano. "È che... Scusate... cioè, io non volevo..."

"Ma no, perché mai? Non c'è nulla di male."

"Ve lo toccate mai?" gli chiese Braila.

"Sì, cioè no." Il giovane era in piena confusione.

"A lungo?" cercò di capire lei.

"No, certamente no."

Che non sia mai venuto, si chiese lei.

"Forse c'è qualcosa che posso insegnarvi. Voi continuate pure con le vostre carezze."

Gli prese una mano, portandosela sul morbido seno. Poi gli aprì i pantaloni e si profuse in un lento movimento sul membro eretto del giovane, fissandolo negli occhi.

Lui andò subito in estasi. Era entrato in un mondo nuovo, una valle ricolma di aromi e meraviglie a lui sconosciute fino a quel momento. Sopra aleggiavano le pupille nere della donna, divenute grandi come il cielo.

Percepì tutta la sua energia convogliare dagli arti, dallo stomaco e da ogni altro punto del suo corpo verso il bacino, come un gigantesco fiume che, improvvisamente, inondava quel luogo incantevole. Incapace di resistere sotto l'incalzante movimento della donna, vide zampillare fuori dal suo membro un liquido bianco, che schizzò così in alto da colpirle il viso.

Si sentì svuotato, come se qualcosa avesse aspirato fuori dal suo corpo e dal suo spirito ogni energia. E scoppiò a ridere. Rise come mai in vita sua. Quel nuovo mondo era la dimensione dal quale non sarebbe mai più voluto uscire. Non poteva esistere nulla di paragonabile, nulla di più bello. Avrebbe voluto abbracciarla, ma si trattenne, non sapendo come si dovesse comportare un principe in quei casi. Lei, con due dita, si pulì il viso. Poi estrasse un fazzoletto da una tasca della gonna e si asciugò entrambe le mani.

"Vi è piaciuto?"

"Oh, Braila, è stato stupendo. È la cosa più bella che mi sia mai capitata. Io vi amo. Sento… io sento che siete la donna della mia vita."

Braila in cuor suo sorrise della dolce ingenuità del giovane. "Vi piacerebbe rifarlo, qualche volta?" gli domandò, avvicinandosi al suo viso.

"Oh, mi piacerebbe tanto. Siete la creatura più meravigliosa che abbia mai visto."

"Allora," gli disse lei, improvvisamente così seria e minacciosa da spaventarlo, "non dovrete mai, per nessun motivo, in nessun caso, rivelare a nessuno quello che è successo. Siamo intesi?"

"S-sì, certo. Come volete voi" rispose lui, intimorito.

"Se non rivelerete a nessuno quanto accaduto oggi, questo per voi non sarà che una piccola parte del piacere che vi farò provare" continuò lei, nuovamente dolce e gentile.

"Come desiderate" replicò lui, senza aver la più pallida idea di cosa potesse esserci di più bello.

Capitolo 29

"È tornato e abbiamo... comunicato."

Ilis non sapeva se sentirsi più felice per l'incredibile esperienza o più terrorizzato per le punizioni corporali che avrebbe di certo subito per aver disubbidito al maestro.

"Lo so, lo so. Vi chiedo scusa" si affrettò a dire, "ho sbagliato. Ma andava tutto così bene e ho pensato che non fosse il caso di sciupare l'occasione."

Intento a preparare diverse pozioni, Obolil, curvo sul suo tavolo, circondato da ingredienti e minerali di ogni tipo, lo guardò senza proferire parola. Ilis si sarebbe aspettato che esplodesse in escandescenze ma, al contrario, il mago apparve calmo e incuriosito.

"Hai parlato con l'uomo dell'isola? E cosa vi sareste detti?" sibilò.

"Ecco, vedete. Ero in paziente attesa, nel solito punto" iniziò a spiegare Ilis, sistemandosi il ciuffo bruno con una mano. "Sono riuscito a percepirlo già quando era piuttosto lontano dalla costa e gli ho inviato un'onda emotiva, come mi avete insegnato. Penso che questo l'abbia attirato verso di me, infatti quasi subito mi ha raggiunto."

Obolil fece un rantolo di disappunto. Ilis, pur desideroso di continuare, si arrestò, timoroso dei rimproveri che stava per ricevere.

"Ti avevo detto di inviargli delle emozioni rassicuranti *dopo* essere entrato in contatto con lui, non prima." Obolil avrebbe voluto volentieri alzarsi per tirare qualche scappellotto al giovane ma, essendo troppo stanco, preferì cedere alla curiosità. "Va bene, va bene. Continua."

"Allora," proseguì Ilis, troppo entusiasta per lasciarsi intimorire dai bruschi modi del maestro, "come vi stavo raccontando, quell'uomo si è avvicinato. Ma si trovava comunque troppo in alto così, spostandomi e continuando a inviargli onde emotive, l'ho attirato in una zona più bassa della scogliera." Ilis prese fiato, eccitato per il seguito. "È stato fantastico. Una volta vicino a lui, sono riuscito a leggerlo come fosse un libro."

"Riuscivi a percepirne *distintamente* i pensieri?" si informò Obolil, dubbioso.

"I pensieri? Non solo, maestro: potevo scavare fin nella sua memoria!"

Com'è possibile? Non gliel'ho ancora insegnato e non può certo esserci arrivato da solo.

"Notevole. Ma sei certo che non si trattasse di tue illusioni?"

"Credete? Allora sentite cosa ho da raccontarvi."

Ilis aveva capito di averlo persuaso e la sua autostima crebbe a dismisura. Più esaltato che mai, riferì a Obolil le memorie di Bashinoir, soffermandosi sulla pioggia di schegge e sulla convalescenza nel Tempio.

Queste non sono le fantasie del ragazzo, si rese conto Obolil, soffermandosi a riflettere mentre rigirava le mani rugose.

Conclusa la narrazione, Ilis restò in silenzio, pregustando il giudizio che il mago avrebbe dato della sua impresa.

"In tre. Dunque sono rimasti in tre."

"Esatto, maestro. E una di loro è una sacerdotessa. Ecco perché le protezioni dell'isola sono tuttora attive!"

"Sì, ma mi avevi riferito che Aldin credeva che fossero tutti al matrimonio."

"Infatti. Il maestro Aldin, quando preparavamo l'incantesimo della pioggia di schegge, sosteneva che nei matrimoni a cui aveva assistito in proiezione sull'isola erano presenti tutti. Secondo lui lo facevano per creare un cerchio magico che garantisse forza e vitalità alla futura coppia. Diceva che persino gli infermi, i neonati e gli anziani venivano portati a queste celebrazioni."

Sì, questo ha senso. Erano in pochi, avevano bisogno di indirizzare ogni energia vitale nel migliore dei modi e non potevano certo permettersi l'insorgere di problemi all'interno delle coppie. In più, probabilmente i matrimoni venivano orchestrati dai sacerdoti con uno schema preciso che evitasse il più possibile le unioni tra consanguinei.

"E invece così non è stato. Dai ricordi di quest'uomo sembra che lui e la moglie si siano salvati per un incredibile scherzo del destino. E la sacerdotessa era rimasta all'interno del tempio" ribadì Ilis.

Proprio lei. L'unica che avrebbe potuto mantenere le protezioni del Tempio. Che sospettasse qualcosa? "La sacerdotessa forse sapeva cosa stava per accadere. Ed è questo il motivo per cui non ha partecipato alla celebrazione".

L'apprendista osservò sorpreso il suo maestro. "Come fate a dirlo?"

"Vedi, caro apprendista, è un dubbio che può venire a chiunque." Ilis era sconvolto dai modi insolitamente gentili del maestro, che sembrava pure sorridente. "Pensa a quell'uomo: ha perso tutto. Ora, ha l'impressione che quella donna gli stia portando via la sua sposa. A livello razionale sa che probabilmente tutto ciò è necessario, ma emotivamente soffre. Ci vorrebbe molto poco per portarlo a dubitare della sacerdotessa. Ora non ha spunti, ma se tu gli instillassi questo dubbio nella mente, gli forniresti il pretesto che ancora non sa di cercare."

"Volete che io gli faccia credere che la sua sacerdotessa sapesse della pioggia di schegge?"

"No, al contrario, tu non devi persuaderlo di nulla. Devi fingerti interessato e porre domande in modo che sia lui a generare il dubbio stesso."

Ilis iniziava a capire il piano del suo maestro. Se gli intenti di Aldin gli erano parsi sufficientemente malvagi, Obolil gli appariva ancora più subdolo.

"Quello stolto di Aldin avrebbe dovuto fare in modo che si disgregassero da soli, che si rompesse il delicato equilibrio sul quale la loro società si era retta per duemila anni. Avremmo dovuto metterli gli uni contro gli altri e non sprecare decenni alla ricerca di ingredienti magici quasi impossibili da reperire."

"Maestro, a cosa dovrebbe condurre la nostra azione? Cosa dovrebbe accadere una volta che l'uomo inizia a dubitare della sua sacerdotessa?"

"Non accadrà nulla. Lasceremo che il dubbio germogli e prosperi, parallelamente al suo disagio. Da quanto hai riferito, di giorno lui vive quasi da solo. Le donne sono impegnate con i rituali, cosa che non stento a credere, viste le imponenti protezioni magiche che devono riuscire a sostenere. Lui verrà sempre più spesso a trovarti. La tua proiezione sarà l'unica voce amica che avrà. E non sarà altro che un'ombra e una voce nella mente: l'ideale per portare un uomo alla pazzia. Quando sarà sufficientemente instabile e quando il dubbio sulla sacerdotessa gli avrà avvelenato l'animo, faremo in modo di risvegliare in lui la bramosia per ciò che era suo: la moglie. E lo aiuteremo a riconquistarla."

"Ma in che modo?"

Obolil scrutò Ilis in profondità. *Ha aiutato Aldin a preparare la pioggia di schegge. Non può non essere pronto per questo.*

"Uccidendo la sacerdotessa."

Capitolo 30

In una delle grandi sale rituali del Tempio, Lil stava predisponendo candele e incensi. La tenue luce delle fiamme si mischiava con quella del raggio che, solitario, filtrava dall'unica e stretta apertura posizionata alla sommità dell'imponente sala. Lil era deliziata dall'odore speziato che il fumo spargeva sotto forma di delicate volute.

Aveva quasi raggiunto il centro dell'ambiente. Si fermò ad ammirare il luogo, senza riuscire ancora a capacitarsi di come un popolo piccolo come il suo fosse stato capace di edificare un'opera tanto maestosa.

La stanza di forma circolare si ergeva per decine di metri; un elegante colonnato descriveva un cerchio concentrico a un paio di metri dalle pareti. Ogni centimetro delle pareti era decorato da un mosaico di minuscole tessere che narravano le vicende del popolo, dalla fuga dal regno di Isk fino al presente.

Ovunque, le minuziose raffigurazioni erano intrise di simboli esoterici e di scritte in lingue antiche.

"Un giorno sarai in grado di comprenderle" le aveva predetto Miril.

Eppure a Lil si stringeva il cuore al pensiero che l'edificazione di quella grande opera non sarebbe più proseguita. L'ampliamento del Tempio era sempre stato un punto fermo del suo popolo. A turno, alle donne e agli uomini di qualsiasi età era concesso di devolvere il proprio lavoro al Tempio: alcuni si dedicavano ai mosaici, altri alle pitture, altri alle strutture.

E ora? È tutto finito!, si doleva Lil, incapace di reprimere quei tristi pensieri. Pensò a Miril: aveva trascorso la sua intera esistenza in quel luogo. Da quando era diventata sacerdotessa, aveva iniziato a dirigere le ferventi opere di ampliamento. Come poteva sopportare che quei luoghi, fino a poco tempo prima invasi dal baccano e dal sudore, avessero conquistato un profondo ma infelice silenzio? Tuttavia, a guardarla, sembrava che nulla fosse cambiato. Ma non era così: erano rimasti soli e non avrebbero più dovuto lottare duramente per sopravvivere.

Con il dorso della mano si asciugò una lacrima e si rimise al lavoro. Portò dei lumini sull'altare di un dio raffigurato nel corpo di un bambino. A lui era dedicata questa sala. Lil ne conosceva uno dei tanti nomi, Nibielaz. "A ogni livello di conoscenza ti verranno impartite nuove nozioni. Anche la padronanza del nome degli dèi fa parte del tuo cammino di crescita" le aveva spiegato Miril.

Una mano si posò dolcemente sul suo avambraccio, facendola sobbalzare. "Oh, siete voi!" esclamò.

"Ti aspettavi qualcun altro?" le domandò la sacerdotessa, sorridendo.

"In effetti, no." *E chi altri potrebbe esserci?*

"Ti ho portato questa. Puoi provarla." Miril le porse una veste rituale di colore verde.

"L'avete realizzata voi, sacerdotessa?" *Che sia la veste che un giorno mi verrà concesso di indossare?* Lil non osava sperare tanto.

"Sì, l'ho appena conclusa."

Lil la osservò sorpresa: il suo viso era stanco ma raggiante. Non aveva mai visto Miril lavorarci di giorno, quindi probabilmente aveva rubato altre ore al riposo notturno. "Per quale motivo?" chiese, in apprensione.

"Perché è venuto il momento della tua iniziazione."

Non può essere. "La mia? Ma io... non credo di essere pronta."

"Lo sei," la rassicurò Miril, "e, da qui in avanti, prenderai anche tu parte ai rituali."

"Oh." Lil si sentiva una sciocca.

"Possiamo incominciare."

"Ora?" domandò Lil, sbigottita.

"Certo, è qui che deve avvenire, dinanzi a Nibielaz, il dio al quale è dedicata questa sala e ai misteri del quale tu sarai iniziata."

Lil si voltò incerta verso l'altare. "Lui?"

"Sì, non ti lasciare ingannare dalle apparenze. In questo Tempio tutto è una scoperta. Il suo sembra un altare come quello di tanti altri dèi ma, in realtà, è la sua energia a scorrere in questo luogo ed è a lui che tu ti unirai. Ora inginocchiati, di fronte all'altare."

Il cuore di Lil iniziò a battere all'impazzata. Che cosa le stava per accadere? Provò il desiderio di fuggire e tornare alla sua vecchia vita, in compagnia di Bashinoir, dei suoi genitori, delle amiche. *Non sono pronta per questo*. Ma si inginocchiò. Miril l'affiancò, rimanendo in piedi.

In lingua sacra, la sacerdotessa pronunciò una serie di parole che Lil non conosceva. Ma più le ascoltava, più le pareva di poterne afferrare il significato, non con la mente, bensì con il cuore. Era come se si materializzassero nello spazio tra loro e l'altare. Le vedeva danzare, armoniose ed eleganti.

Nella lingua del loro popolo, Miril le chiese se fosse disposta a morire, a lasciare se stessa dietro di sé e a rinascere nel culto del dio Nibielaz.

Lil tacque, incerta. *Perché Miril non mi ha preparata a tutto questo? Perché tutto deve accadere così d'improvviso?* Eppure, intuiva che era proprio così che sarebbe dovuto andare. *La vita regala doni e sofferenze quando meno ce l'aspettiamo.*

"Sì" rispose semplicemente.

Miril concluse il rituale dell'iniziazione pronunciando una serie di formule magiche. Ma Lil non aveva più bisogno di ascoltare. L'energia di quel luogo magnifico aveva iniziato a fluire in lei. Chiuse gli occhi.

Sì, lasciati andare. Assapora quello che senti. Lascia che l'energia del dio ti pervada.

Ebbe un sussulto. "Tu... puoi comunicare con il pensiero?"

Sì. E tu ora puoi sentirmi. È uno dei poteri che ci dona il dio. Puoi provare anche tu.

Lil, a occhi chiusi, si concentrò. *Così? Riesci a... sentirmi?*

Perfettamente.

L'intensità dell'energia cresceva in ogni parte del suo corpo e della sua anima. Lil si sentì carica e leggera a tal punto che credette di poter quasi librarsi in aria. *Non ho mai provato nulla di simile. È stupendo.*

Occorrono anni di preparazione, ma tu sei arrivata a questo livello in poche settimane. Hai lavorato moltissimo. Ti ci sei dedicata anima e corpo, e questo è il risultato. Non c'è livello iniziatico che tu non possa raggiungere se continuerai a metterci questo impegno.

Lil non riuscì a trattenere per sé i propri dubbi. *Sacerdotessa, ma che senso ha tutto questo? Siamo rimasti solo in tre. Siamo destinati a una vita di solitudine. Abbiamo perso tutto.*

Lil, so che cosa ti angustia, le rispose Miril, *ma se siamo sopravvissuti esiste una ragione e abbiamo il dovere di scoprirla. Dobbiamo vivere nel migliore dei modi questa esistenza, che ci è stata donata due volte, quando siamo nati e quando siamo scampati al terribile evento nel quale sono periti tutti i nostri fratelli e le nostre sorelle. Ora sei un'iniziata: abbraccia il flusso degli eventi. È grazie a esso che hai avuto questo grande dono.*

Perché lei diventasse un'iniziata, erano state sacrificate tutte le persone che amava? Si chiese Lil.

Lil, questa ora è la realtà in cui viviamo. Ciò che è accaduto, nel bene e nel male, ha contribuito a crearla. Ora, sta a noi cercare in ogni attimo della nostra vita di fare del nostro meglio. Per diventare un'iniziata del dio Nibielaz hai dimostrato di saper indirizzare le energie in qualcosa di più alto e importante del semplice rammarico per ciò che hai perduto.

Una nuova consapevolezza si fece strada in lei. *Avete ragione, sacerdotessa. Vi chiedo scusa per i miei dubbi. Mi dedicherò anima e corpo a questo cammino di conoscenza.*

Lo so, Lil. Vedo nei tuoi occhi e nella tua anima che è ciò a cui aspiri davvero.

Miril le si avvicinò e l'abbracciò fraternamente, poi le prese il capo tra le mani e, abbassandoglielo leggermente, le posò le labbra sulla fronte.

La ragazza percepì l'energia del tempio fluire con ancora maggiore intensità attraverso quel contatto. La fronte era infuocata. Si sentì felice. Per la prima volta in vita sua, non le mancava niente.

Capitolo 31

Bashinoir trascinava a stento un piede davanti all'altro. Respirava a fatica sul sentiero che saliva sempre più in alto tra gli alberi del bosco. A volte si guardava indietro. Era lontano, forse troppo, ma continuava a salire. Non aveva una direzione.

Ripensò a Lil e alla sacerdotessa Miril. *Vorrei... vorrei tanto essere in grado di occuparmi di voi.*

Quel giorno si sarebbe dovuto dedicare alla ultimazione delle nuove stalle, perché gli animali dovevano essere spostati il prima possibile sotto la protezione del Tempio, ma, come sempre più spesso gli capitava, aveva scelto di sottrarsi ai propri doveri.

Ogni giorno si svegliava convinto di potercela fare. Sapeva quanto fosse importante che ognuno di loro tre si impegnasse nella propria parte, eppure, al momento di mettersi all'opera, le motivazioni e la volontà l'abbandonavano. Era preda di disagi e di paure di cui non riusciva a riconoscere l'origine. Allora vagava per i boschi, si perdeva in innumerevoli azioni che non portavano a nulla di concreto, come restare per ore seduto sulla spiaggia o su un'altura. A volte faceva il minimo indispensabile, in altri casi neppure quello.

Di sera le due donne, che nonostante la stanchezza si dimostravano molto positive ed energiche, si informavano su come avesse trascorso la giornata. Lui, sentendosi in colpa, cercava di rimanere sul vago, arrivava a mentire, desiderando che il discorso cadesse lontano. Loro facevano quanto era possibile comunque per infondergli gioia e amore, e lui si riprometteva che, il giorno dopo, avrebbe fatto meglio.

A volte, prima di incominciare con i lavori, Bashinoir cercava di infondersi forza e coraggio visualizzando l'immagine di Lil e Miril. Erano l'ultima speranza del loro popolo, tutto ciò che ne rimaneva, e da lui dipendeva la loro sussistenza materiale.

Eppure, proprio non ce la faceva. Si concedeva un altro giorno di pausa, nel quale continuava a vagare senza meta. *Domani... Domani farò del mio meglio. Domani inizierò a lavorare per davvero.*

Era giunto così in alto che i suoi passi affondavano nella neve alta, costringendolo a faticare per procedere.

Continuava a darsi nuovi traguardi e nuovi limiti. *Lì, quando sarò arrivato in quel punto, inizierò a tornare indietro.* Ma, dopo averlo raggiunto, procedeva ancora, imponendosi un nuovo termine.

Gli capitava di sentirsi come uno di quegli adolescenti che sfuggivano ai lavori per bighellonare per i boschi, ridendo, scherzando e appostandosi nei pressi di qualche sentiero in attesa di veder passare una ragazza. Ma, nel suo caso, sapeva che non avrebbe visto passare nessuno.

Forse non ce la faccio. Forse tutto quello che è accaduto mi rende impossibile dedicarmi al lavoro. Potrei lavorare mezza giornata e l'altra mezza concedermela per riprendermi, ipotizzò, continuando a salire. Era una buona idea, ma in fondo sapeva che non avrebbe tenuto fede neppure a quel proposito.

Uscito dal bosco, si trattenne. Da lì in avanti, il sentiero era scoperto.

Osservò il profilo dell'isola. Monti, boschi, radure, era tutto coperto dalla neve. Guardò in alto. *Ma davvero dal cielo è sceso un maleficio capace di sterminare tutti coloro che amavo?*

Cercò di sedare l'ansia con del pane secco e, all'improvviso, prese consapevolezza, con un certo imbarazzo, del suo corpo: stava ingrassando.

Quando perlustrava le case ormai vuote per recuperare delle provviste, prima di portarle al Tempio si fermava a lungo nei boschi a mangiare. Era un ingozzarsi carico di nervosismo. Si sarebbe voluto fermare, ma continuava fino a scoppiare, fin quando veniva assalito dalla nausea. Poi si sentiva così pieno da riuscire a stento, durante la cena, a ingurgitare quanto cucinato dal Lil. Osservando la costa, scorse in lontananza il punto dove c'era lei ad aspettarlo: l'ombra. Avvertì l'impellente bisogno di raggiungerla. Era uno dei pochi conforti. Sapeva bene che probabilmente non era reale, ma quell'illusione lo faceva stare bene. Quando era lì con lei, nervosismo e tensioni svanivano, anche se ogni tanto ne aveva quasi paura per le sensazioni ambigue che provava in sua presenza.

C'erano momenti in cui voleva fuggire anche da essa e rimanere lontano da tutto: dalle case del villaggio dei suoi amici e parenti morti, da sua moglie, dalla sacerdotessa, dall'ombra, dal passato.

Continuò a camminare. Conosceva quei percorsi a memoria, altrimenti, con tutta quella neve, sarebbe stato facile perdersi.

Il cielo stava diventando scuro. Aveva ricominciato a nevicare. Il pelliciotto che copriva gli stivali affondava completamente nella neve a ogni passo. Sulle spalle si depositavano i primi fiocchi. Non rimanevano molte ore di luce, ma Bashinoir procedette ancora.

E se mi accadesse qualcosa, cosa farebbero Lil e Miril? Devo tornare indietro.

Decise che, alla successiva svolta del sentiero, sarebbe tornato indietro.

Una volta lì, valutò che tuttavia mancava poco per arrivare a uno dei suoi punti preferiti. Il sentiero saliva su uno strapiombo di qualche centinaio di metri. Bashinoir si rendeva conto della pericolosità dei suoi passi. Pensò a cosa sarebbe accaduto se fosse caduto. Visualizzò se stesso in fondo alla scarpata, con una gamba ferita, incapace di rialzarsi. La neve avrebbe coperto le sue orme. Lil e Miril non sarebbero state in grado di ritrovarlo e, se mai ci fossero riuscite, non avrebbero trovato altro che i resti congelati di un cadavere sbranato dagli animali.

Camminò ancora un po', assaporando il brivido del pericolo, poi decise finalmente di svoltare. Sceso fino al bosco, lo superò giungendo al villaggio e poi nei pressi del Tempio, senza particolari problemi.

Avvicinandosi, scorse le luci della cucina filtrare dalle finestre. Dentro c'erano un focolare, una cena e due donne che, pur stanche per il lavoro della giornata, desideravano trascorrere del tempo con lui. Bashinoir avrebbe voluto starsene per conto suo, evitando perfino colei che amava. Avrebbe voluto andarsene direttamente in camera da letto, ma sapeva di non poterlo fare. Doveva salvare le apparenze, mostrarsi forte di fronte a chi aveva fiducia in lui. Non poteva manifestare nessun cedimento. Sentì una nausea profonda. Cosa avrebbe dovuto inventarsi? Cosa avrebbe dovuto raccontare della sua giornata? Depresso, abbattuto, incapace di spezzare quell'incantesimo che lo trascinava sempre più in basso, varcò la soglia del portone impegnandosi in una camminata decisa e in un bel sorriso.

Capitolo 32

Dedita alla pulizia della grande sala circolare del Tempio, Lil si fermò a riposare per qualche attimo, detergendosi con un fazzoletto il sudore sulla fronte. Si concesse la contemplazione dei meravigliosi mosaici che decoravano le pareti. Un tempo, per lei, come per tutti gli altri abitanti dell'isola, anche solo aver la possibilità di trascorrere qualche ora in quel luogo, impegnata in lavori umili, era uno dei più grandi onori a cui potesse auspicare. Erano ancora molte le sale a cui quel giorno avrebbe dovuto dedicarsi. Quando non riusciva a completare le pulizie prima dell'inizio delle operazioni rituali, occorreva che tornasse di notte. Era inconcepibile che anche un solo angolo del Tempio non fosse nel più perfetto stato di pulizia.

Miril entrò nella sala. Vedendola, Lil avvertì una stretta al cuore: erano sveglie da poche ore e Miril appariva già consumata dalla stanchezza. Senza una parola, la sacerdotessa prese una ramazza e iniziò a spazzare il pavimento.

“Sacerdotessa, vi prego. Sembrate sfinita, lasciate che me ne occupi io” le disse Lil, avvicinandosi e posando una mano sul manico.

Gli occhi erano incorniciati da segni profondi e violacei. La sacerdotessa sorrise. “Non ti preoccupare. Sono felice di muovere un po' le mani.”

Lil ribatté con un'enfasi di cui subito si pentì: “Ma perché siete così stanca? Sembra che non dormiate da giorni!”

“Ci sono molte cose di cui mi devo occupare. Ma ogni giorno la tua carica energetica cresce, quindi presto avrò un valido aiuto.”

“Oh, sacerdotessa, sono così in pena per voi! Vorrei poter fare già ora molto di più. Non sopporto l'idea di vedervi sfinita a tal punto.”

“Sei così dolce.”

Miril l'abbracciò. Lil posò il capo sulla spalla della donna, avvertendone l'intenso profumo dei capelli. L'abbraccio era rassicurante. Quando Lil rialzò il capo, rimasero a fissarsi negli occhi. Lo sguardo di Miril era dolce, quello di Lil ancora un po’ preoccupato.

Nella giovane si fece strada un sentimento mai provato prima. Si sentì attratta da quel viso, da quella donna, da quell'anima e da quella energia. Si sentì sprofondare nella dolcezza di quegli occhi. Chiuse i suoi, quasi sentisse di non poter reggere un'emozione tanto intensa. Fu scossa da vibrazioni anomale e temette che Miril potesse accorgersene. Avrebbe voluto avvicinarsi ancora di più a quelle labbra, ma sentì le mani della donna irrigidirsi.

Cosa sto facendo?, si chiese Lil, aprendo gli occhi. La sacerdotessa, terrorizzata, la stava squadrando come avesse di fronte a sé un mostro. Il cuore di Lil iniziò a battere forte. C*osa ho fatto? Dove ho sbagliato?*

"Io... io... non volevo. Scusatemi... Che cosa ho fatto? Perdonatemi! Perdonatemi, vi prego, sacerdotessa" farfugliò.

"No, no. Lil. Non hai fatto nulla. È che, per qualche attimo, ti ho vista *svanire...*"

"Svanire? Cosa intendete?"

"Per una frazione di secondo, il tuo corpo... è stato come se fosse diventato trasparente!"

Oh poverina, si dolse Lil. "Miril, mi dispiace. Voi siete troppo stanca. Non potete andare avanti così, vi ammalerete" le disse quasi piagnucolando, prendendole le mani. "Vi prego, sacerdotessa, dovete riposarvi."

"No, non è la stanchezza. Era già successo in precedenza, ma eravamo da molte ore impegnate nelle operazioni rituali, così anche io l'ho attribuito alla debolezza. E poi non eravamo così vicine come siamo ora e ho potuto accorgermene solo con la coda dell'occhio. Ma questa volta... questa volta eri di fronte a me. E le pareti del Tempio, le colonne, i mosaici... nient'altro ha perso consistenza. Solo tu."

"Miril, cosa dite? Io non mi sono accorta di nulla. Non ho avvertito nessun calo energetico. Anzi, quando ho chiuso gli occhi, ho avvertito calore e… attrazione" ammise Lil, guardando verso il basso.

"Lil, sono sicura di quello che sto dicendo. Devo andare in biblioteca, temo di sapere cosa possa essere accaduto. E forse ho scoperto dove sono finiti i cadaveri."

Capitolo 33

"Esiste un'antica leggenda in versi che narra di un popolo che assiste a un funerale, durante il quale scompare il cadavere di un morto. In seguito, anche i corpi dei vivi iniziano a manifestare fenomeni di trasparenze che, con il trascorrere degli anni, diventano sempre più frequenti, fino a quando le persone iniziano a scomparire del tutto. Il poema si conclude con questa frase: *e il ramo secco del tempo cadde dall'albero.*"

Bashinoir e Lil ascoltavano in silenzio le spiegazioni di Miril, che aveva trascorso la giornata in biblioteca, uscendone poco prima di cena. Aveva raggiunto Lil per rivelarle quanto emerso dalla lunga giornata di studi, ma la giovane l'aveva pregata di rendere anche Bashinoir partecipe della discussione.

"Temo" continuò Miril, "che in qualche modo il corso della storia sia mutato, e che ora siamo noi a trovarci in un ramo secco."

Lil e Bashinoir faticavano a trovare quella spiegazione plausibile.

"Questo chiarirebbe cosa possa avere causato la scomparsa dei cadaveri. Poiché hanno frequenze più basse degli esseri viventi, sono scomparsi perché nel nuovo ramo del tempo non sono mai esistiti. Ed è quello che lentamente sta iniziando ad accadere anche a noi. Iniziamo a svanire, perché in teoria non siamo mai esistiti."

Lil e Bashinoir involontariamente si guardarono, quasi a volersi sincerare della propria consistenza.

Bashinoir timidamente si permise di osservare: "Io non ho notato nessun *svanimento.* Neppure per pochi attimi."

Miril cercò le parole giuste per non offenderlo. "Inizialmente solo chi è più allenato se ne accorge con facilità, anche se in seguito il fenomeno diventa evidente per chiunque."

Lil intervenne: "Sacerdotessa, forse potrebbe solo trattarsi del fatto che tra di noi siete senz'altro la più stanca. Portate avanti il peso della ritualità quasi interamente sulle vostre spalle, visto che il mio apporto è ancora molto ridotto. Magari…"

"Lil, credimi. Ho visto molto chiaramente quello che è successo. E non è stato determinato dalla stanchezza. Eri di fronte a me. Il tuo viso era a pochi centimetri dal mio e, attraverso di esso, ho visto i mosaici *dietro* di te. Non può trattarsi di semplice spossatezza."

Perché erano così vicine?, si chiese Bashinoir. Una sensazione spiacevole saettò nella sua mente, senza che fosse in grado di afferrarla.

"Lil, Bashinoir, dovete immaginare il tempo non come una linea retta dove da una parte si trova il passato e dall'altra il futuro, bensì come a un organismo vivo. Pensate a una pianta... a un cespuglio, ad esempio. Le linee temporali possono essere molteplici. Ma solo una di essa, solo un ramo in particolare, assume le caratteristiche della realtà."

"E gli altri rami cosa sono?"

"Sono possibilità, eventi originati da altri eventi che, però, non hanno la forza sufficiente, la linfa, per tramutarsi in realtà. A un certo punto, questi rami si seccano e cadono. E la linea temporale diventa unica."

"Ma noi dovremmo essere in quella linea del tempo, giusto?" domandò Lil.

"Lo eravamo. Credo che una nuova linea temporale stia diventando più forte della nostra. E nel nuovo ramo la nostra presenza non è su quest'isola o non esiste affatto."

"Io... non capisco. Cosa potrebbe aver originato questo cambiamento?"

"È difficile rispondere con certezza. Possiamo fare solo delle ipotesi. Immaginiamo che nel passato ci sia stato un cambiamento a causa del quale il nostro popolo non ha mai raggiunto quest'isola, in questo caso non ci troveremmo più qui" spiegò Miril, attenta a scegliere parole semplici e comprensibili.

Lil faticava a cogliere la complessità del discorso. Bashinoir si chiese se Miril, a causa della stanchezza, avesse perso un po' di lucidità. "Ma cosa potrebbe aver cambiato il passato? Ormai quelle cose sono già accadute. Niente e nessuno potrebbe farci qualcosa" provò a obiettare.

Miril era pensierosa. "Non è del tutto vero. Il passato può essere modificato, i nostri testi sacri sono abbastanza chiari in proposito."

"Ma com'è possibile?" insorse Lil, sempre più inquieta.

"Con un viaggio nel tempo."

"Un viaggio nel tempo?" esclamarono Bashinoir e Lil all'unisono.

Non sono pronti per capire. Forse non avrei dovuto parlargliene.

"Lil, Bashinoir, immaginate di recarvi in un punto particolare del passato. Se eliminaste una futura madre, lei non partorirebbe il bambino, il quale non avrebbe a sua volta una discendenza. Con la vostra azione avreste modificato il corso del tempo. Il tempo proverebbe a riassorbire questa modifica, ma se quel bambino fosse stato destinato a diventare un sovrano o a cambiare il corso della storia, probabilmente si svilupperebbe un nuovo ramo. Se gli effetti delle modifiche temporali fossero troppo vasti per essere riassorbiti, il nuovo ramo diverrebbe più forte di quello principale, che si seccherebbe e cadrebbe."

"Io non capisco" si lamentò Lil. "Chi mai potrebbe aver fatto una simile modifica?"

"Forse gli stessi individui responsabili della pioggia di schegge. I nostri rituali assicurano la protezione del Tempio e dell'isola. Fisicamente loro non possono più raggiungerci, perché noi sosteniamo una barriera per loro invalicabile. Potrebbero aver modificato il passato per darci il colpo di grazia, confidando nella nostra impossibilità di controbattere alla loro offensiva magica." *E probabilmente hanno ragione.*

Capitolo 34

Bashinoir non era convinto. Aveva dormito male rigirandosi nel letto senza sosta: le parole della sacerdotessa Miril avevano continuato a martellarlo nei sogni e nel dormiveglia l'intera notte. Viaggi temporali, trasparenze, il tempo un'entità viva, i rami secchi: non c'era nulla che avesse senso. *Che la sacerdotessa non sia più del tutto in sé?*

Per settimane aveva atteso con ansia che lei potesse fornire una spiegazione sulla pioggia di schegge e, infine, se n'era uscita con una teoria tanto stramba quanto improbabile.

Bashinoir era certo di non aver notato nulla di strano nella consistenza dei loro corpi. Dopo quella discussione, le sue incertezze, anziché diminuire, sovrastavano ogni altro stato d'animo.

Si era levato ancora prima dell'alba, servendosi una colazione frugale. Uscendo, aveva rivolto un saluto frettoloso a Lil e Miril.

Naturalmente si era ben guardato dal recarsi alle stalle per intraprendere i lavori necessari. Aveva preferito subito la via dei boschi, non senza essersi voltato più volte per assicurarsi che nessuna delle due donne fosse uscita sulla soglia del Tempio per prendere una boccata d'aria.

Sulla spiaggia, Bashinoir si era goduto per qualche ora il sole del mattino, sforzandosi invano di togliersi le parole della sacerdotessa dalla mente.

Gli venne in mente l'ombra. Quando si concedeva di rimanere in sua compagnia, aveva la sensazione di ritrovare la pace e la serenità perdute e di ricaricarsi delle energie necessarie per andare avanti.

Il loro rapporto si stava evolvendo. Le sensazioni diventavano sempre più nette. *Ma è un'ombra che ondeggia sul pelo dell'acqua!* Bashinoir temeva che in fondo fosse solo frutto di una sua fantasia. *E se non esistesse? Forse il motivo per cui la vedo è semplicemente che mi sento così solo. Non c'è più nessuno, oltre a lei.* In ogni caso, dopo tutti i dubbi sollevati dalla discussione della sera prima, sentì che anche quel giorno non sarebbe riuscito a fare a meno di quel contatto.

S'incamminò lungo la spiaggia verso nord. Seppur ancora distante parecchie centinaia di metri, iniziò ad avvertirne la presenza. *Non ha senso. È tutto frutto della mia mente. Mi sto illudendo che quella cosa possa comunicare con me, benché in realtà non esista.* Il solo avvicinarsi a essa, tuttavia, lo aiutava a stare meglio.

Giunto nel loro abituale punto di incontro, si sedette sulla spiaggia, a pochi metri da lei. Il mare era calmo. Seguendo il moto delle onde, l'ombra si alzava e si abbassava placidamente.

Bashinoir abbassò le palpebre. Spezzando l'aria fredda del mattino, il sole gli dava conforto sulla pelle del viso e il canto degli uccelli lo cullava dolcemente. La presenza dell'ombra era così confortante da dissipare dubbi, ansie, tensioni e paure. Finalmente era in pace con se stesso.

Bashinoir, riesci a percepirmi?

Esterrefatto, riaprì gli occhi: c'era solo l'ombra, lì, dinanzi a lui, che galleggiava sul filo dell'acqua. Infatti era certo di non aver udito nulla, ma di aver sentito quelle parole *dentro* di sé.

No, non è possibile! Il desiderio di alzarsi e andarsene via velocemente si erse vincitore nella confusione di emozioni che lo attanagliavano. *È un'illusione; nient'altro!*

Quando fu sul punto di rimettersi in piedi, notò quanto basso fosse ancora il sole all'orizzonte. *Come trascorrerò il resto della giornata?* L'idea di tornare a bighellonare nei boschi in preda a ogni genere di incertezze non lo attraeva. *Quelle parole sono solo frutto della mia immaginazione ma, in fondo, qui sto bene.*

Tornò ad abbassare le palpebre. Un soffio di vento gelido gli accarezzò il viso.

Non devi avere paura.

Le aveva percepite, questa volta non aveva dubbi. Le quattro parole erano risuonate distintamente nella sua testa. Aprì gli occhi, guardandosi intorno. Osservò attentamente l'ombra. *Non devo avere paura?* L'idea che da quell'entità, oltre che sensazioni, gli giungessero anche parole quasi lo stuzzicò. Decise di chiudere nuovamente gli occhi e di rilassarsi.

Sono qui con te.

Paura e sollievo: qualcuno o qualcosa stava *comunicando* con lui. Era un'ombra, forse non era reale, era solo un'illusione; eppure sarebbe stato così bello poter finalmente aprire il proprio cuore a un altro essere.

"Chi sei?" chiese a voce alta. Parlare da solo lo faceva sentire a disagio, ma nella sua mente quasi subito comparve una risposta.

Sono un amico.

"Un amico?"

Ho percepito da molto lontano la tua sofferenza e ho sentito il bisogno di non lasciarti solo.

Il cuore di Bashinoir gioì. Continuava a ripetersi che, probabilmente, era tutto nella sua testa e che non c'era nulla di reale, ma decise di non potersi fermare a quel punto, illusione o no.

"Sì, è vero. Mi sento molto solo. Su quest'isola sono successe cose bruttissime."

Io riesco a percepire solo la tua presenza.

"Qui, ora, ci sono solo io ma, in realtà, vivo con due donne, che stanno quasi sempre nel Tempio. Io sono l'unico che si muove per l'isola."

Perché siete solo in tre?

"Tutti quelli che abitavano su quest'isola sono... morti."

L'ombra, con tatto e gentilezza, lo incalzò con domande di vario tipo, alle quali Bashinoir, ansioso di sfogarsi, rispose volentieri.

Verso la conclusione della propria narrazione, Bashinoir fece una pausa, incerto su come andare avanti.

Cosa c'è? Cosa ti tormenta?

"Ecco, ieri sera, la sacerdotessa ha fatto delle ipotesi un po' particolari. Secondo lei..." e Bashinoir spiegò quello che aveva capito delle ipotesi di Miril.

Devi perdonarmi, ma ora devo lasciarti. Tornerò a trovarti molto presto. Ma in questo momento non posso restare.

"Aspetta, spiegami cosa sei!"

Lo farò. È una promessa. Tornerò quanto prima e potrai pormi ogni genere di domanda. A presto.

Bashinoir scrutò l'ombra allontanarsi saettando sul pelo dell'acqua.

Capitolo 35

Rimirandosi allo specchio, Aleia si compiaceva della propria bellezza. Esaminava minuziosamente ogni angolo del viso alla ricerca dei cambiamenti, figli dell'età. Le rughe le parevano sotto controllo, anche grazie agli impacchi di erbe che i maestri le preparavano. Sorrise soddisfatta alla propria immagine, mentre la spazzola, mossa dalla mano esperta di Nuris, le scendeva tra i capelli ramati.

Alzò gli occhi sulla fanciulla, una delle tante mogli di Beanor che ruotavano al suo servizio. C'era solo una donna a palazzo che avesse il privilegio di essere servita dalle altre mogli. Ed era lei. Le altre dovevano accontentarsi delle servette. Quelle mansioni aiutavano le consorti a tenere sempre ben presente quale sudditanza dovessero avere nei suoi confronti.

I capelli erano perfetti: mossi, lunghi, d'un rosso vivido; così come piacevano al sovrano. Un tempo, un lieve movimento di quella chioma era stato in grado di catalizzare ogni attenzione della mente e del corpo del sovrano, facendolo cadere irrimediabilmente ai suoi piedi. Un tempo... prima che la camera da letto di Beanor fosse con troppa regolarità usurpata dalle consorti più giovani, alle quali per di più era proprio lei a dover insegnare tutto sui gusti e le esigenze reali. *Quasi tutto*, sorrise tra sé e sé. C'erano alcuni segreti che lo costringevano a tornare prima o poi dall'unica femmina in grado di esaudire *ogni* suo desiderio.

Zilia, un'altra moglie, intanto stava seguendo alla lettera le istruzioni che le aveva dato sul trucco. Dagli occhi di Aleia fuggivano due nuvolette che, dal nero intorno alle ciglia, si perdevano nel rosso scarlatto, assottigliandosi via via verso le tempie. Nessun'altra moglie a palazzo era in grado di sfoggiare un trucco tanto sofisticato o, forse, nessun'altra osava sfidarla in questo campo. In entrambi i casi, l'ulteriore conferma della sua supremazia la esaltava.

Aleia si sistemò il busto, spingendo leggermente in alto i seni, la cui forma era evidenziata dalla generosa scollatura.

L'abito lungo, di colore rosso scuro con bordature nere, si abbinava alla perfezione alle tonalità del trucco e dei capelli. Nessun guardaroba, neppure quello del suo rozzo marito, era paragonabile al suo.

Aleia era assolutamente soddisfatta dei preparativi mattutini. Zilia e Nuris erano state impeccabili. Nel corso della giornata le avrebbe premiate con una particolare benevolenza.

Verso di loro, come nei confronti di qualsiasi altra moglie, Aleia non avvertiva solo un semplice desiderio di dominio, ma anche un preciso senso di dovere e responsabilità. In assenza della gerarchia da lei imposta, delle sue regole e del suo comando, tra le mogli del re ci sarebbe stato il caos e lui non ne sarebbe stato affatto contento.

"Potete andare" concesse alle due consorti, rivolgendo loro un sorriso educato.

Quando la porta era già quasi completamente chiusa, Aleia diede loro un'ultima disposizione: "Oh... e mandatemi quella nuova, la servetta."

Se anche il sovrano decideva di elevare al rango di moglie le femmine provenienti dalle estrazioni sociali più disparate, questo non significava che la conquista del rispetto della prima dovesse essere dato per scontato. Finché la nuova sposa fosse rimasta presenza fissa sotto le lenzuola reali, difficilmente sarebbe stata accettata dalle altre consorti. Quando poi il re avrebbe sentito l'esigenza di tornare ad attingere dal proprio gineceo, l'ultima arrivata, ormai in una posizione meno invidiabile, avrebbe iniziato a coltivare dei timidi contatti con le altre. Ma solo Aleia aveva il potere di decretare la vera uscita dall'isolamento. Nessun'altra sposa si sarebbe azzardata ad accogliere apertamente tra le proprie amicizie colei che era sgradita alla prima consorte.

Un battito alla porta, seguito da una richiesta dai toni insolitamente alti e decisi, la distrasse dai suoi pensieri: "Posso entrare?"

"Ma certo. Accomodati!" la invitò Aleia, alzandosi dalla toletta per spostarsi sul salottino.

Milia le si sedette di fronte, fissandola sfacciatamente in viso. I capelli le scendevano biondi e lisci fino alle spalle. L'azzurro degli occhi era denso, diretto e con troppa schiettezza si spingeva nello spazio che separava le due donne. Sedeva con la schiena eretta, le gambe unite, le mani appoggiate sulle ginocchia, le membra giovani e snelle chiuse in una tunica bianca.

Aleia detestava quell'atteggiamento sfrontato. Sorridendo cordialmente, suonò un campanellino. Milia si mosse di riflesso, come se volesse scattare in piedi. Aleia sottolineò la reazione involontaria della giovane con un sorrisetto compiaciuto. Non appena una porta mimetizzata dietro una colonna si aprì, Aleia commentò: "Oh, ecco la mia *servitrice*."

Ordinò una tisana per entrambe, senza informarsi sui gusti della ragazza. In un batter d'occhio, la serva fu di ritorno con la bevanda fumante. Aleia attese di rimanere sola con la giovane moglie prima di rompere nuovamente il silenzio. Provò un certo gusto nel lasciarla in penosa attesa, anche se la sfrontatezza di quello sguardo le faceva presupporre che ci sarebbe stato molto lavoro da fare.

"Allora, Milia, immagino sia una piacevole novità starsene comode a godersi qualcuno che ci serve da bere" la provocò, sorseggiando dalla propria tazza.

"Non credo, signora. Anche qui sono comunque costretta a fare quello che mi viene chiesto. Sapete bene che non ci sono venuta per scelta."

Che carattere, la ragazzina! "Oh, beh, compiacere a letto il nostro sovrano non è certo paragonabile al fare le pulizie in casa d'altri."

Milia distolse lo sguardo, consentendo ad Aleia di scorgere un lampo di profonda tristezza.

"Prima... avevo una speranza" confessò con tono assente.

Ah, ecco! "Oh, capisco. Credimi, bambina, qualunque volto avesse codesta speranza, se tieni a lui, farai meglio a dimenticartene. Il giorno in cui il sovrano dovesse avere anche solo una lontana percezione che non sei sufficientemente concentrata sul tuo compito e venisse in qualche modo a saperne il motivo, non rimarrebbe alla tua speranza altro che la morte o la fuga. E, come sai, le due cose dalle nostre parti spesso si equivalgono."

Una lacrima si fece strada sulla pelle chiarissima del viso di Milia.

"Oh, insomma! È il tuo re, e non crederai certo di essere l'unica ad aver lasciato dietro di te un cuore infranto e qualche sguardo d'odio che, di tanto in tanto, dai piedi delle mura si leva verso gli appartamenti reali?"

Milia rispose con un'occhiata carica di rabbia e ostinazione.

È riuscita a trattenersi dal piangere. Crede di essere migliore di tutte noi. Vedremo!

"Milia, col tempo scoprirai che, sebbene le usanze di palazzo possano talora apparire un po' *particolari*, vivere qui è preferibile a qualsiasi vita si possa condurre al di fuori di esso. Oh, che sbadata! Ho dimenticato sul letto il mio scialle. Me lo prenderesti, per favore?"

Milia accennò ad alzarsi, ma si trattenne. Gettò uno sguardo al letto, ai piedi del quale era adagiato l'indumento nero che le aveva chiesto la donna.

Le rivolse uno sguardo seccato, al quale lei reagì con un ampio sorriso. Infine si alzò e, con passi decisi, andò a prenderlo e lo lasciò cadere bruscamente nelle mani di Aleia, la quale la ringraziò educatamente.

"Scoprirai che il ruolo di moglie del sovrano comporta qualche dovere, ma anche un'infinità di piacere. Starà a te capire velocemente come muoverti, a cosa prestare attenzione e come riuscire a godere nel miglior modo di quanto la tua invidiabile posizione può offrirti.

Anziché replicare, Milia preferì distrarsi guardando fuori dalla finestra, ma Aleia non accolse particolarmente bene quella manifestazione di indifferenza.

"Credo di non aver dormito bene, la scorsa notte. Saresti così gentile da dare un po' di sollievo alle mie spalle con un bel massaggio delle tue giovani mani?"

Milia la guardò perplessa. "Cosa vi sentite?"

"Solo un po' di dolore qui." Le indicò la sommità della spalla destra.

"Forse un guaritore sarebbe più adatto, non credete?" ribatté Milia.

"Oh no, non nutro grande simpatia per loro. E poi, sarei assolutamente curiosa di scoprire l'arte che si cela nel tocco delle tue mani."

Milia, con un leggero sbuffo, scattò in piedi e si recò con sguardo truce dietro ad Aleia.

Al contrario di quanto quest'ultima si sarebbe aspettata, iniziò a massaggiarla con straordinaria grazia. I polpastrelli affondavano al punto giusto con un movimento deciso ma armonico. Benché non avesse in realtà alcun dolore da farsi curare, provava sensazioni estremamente piacevoli.

Le mani di Milia salirono sul collo, alternando i tocchi gentili dei polpastrelli a pressioni di intensità differente, esercitate con il palmo e i gomiti.

Aleia era in estasi. Chiuse gli occhi, abbandonandosi a quei tocchi superbi e, senza accorgersene, mugugnò di piacere fino a che la pressione, dopo essere lentamente scemata, si arrestò del tutto.

La donna aprì gli occhi, riprendendo contatto con la realtà. Si rese conto che Milia era ancora dietro di lei. *Perché si è fermata?* Adorava farsi massaggiare a lungo. "Tutto bene, Milia?"

"Sì, certo. E voi, vi sentite meglio?"

"Oh... il tuo tocco è *divino*. Immagino tu abbia fatto molta pratica in passato. Sei stanca?"

"Ho l'impressione che il dolore vi sia passato."

"È vero. È sparito quasi del tutto. Tuttavia, sono certa che se continuassi mi aiuteresti a evitare che possa tornare in futuro."

Milia, con passi decisi, avanzò davanti alla prima moglie, sguardo furente, braccia incrociate: "Vi chiedo scusa. Sono ben conscia della vostra posizione, a palazzo. Vi ricordo, tuttavia, che anche io *ora* sono una moglie del re. E mi farebbe piacere se non mi confondeste con una delle vostre servitrici."

Aleia, di fronte allo sfogo della giovane, avvertì un intimo senso di trionfo. Le era bastato così poco per scatenare in lei una simile reazione. *Bene, procediamo nel migliore dei modi. E ora avrò la possibilità di mettere subito in chiaro con questa smorfiosetta come stanno le cose.* Piegarle, educarle, ammaestrarle, dare a ognuna di loro la posizione che si meritava, gestirle: ecco la grande arte della vera regina del palazzo.

"Mia cara giovane moglie del nostro amato re, Beanor regna su Isk, ma forse ciò di cui non ti sei ancora resa conto è che *io* regno sul palazzo reale. È il mio dominio. Si fa quello che dico io. Qualsiasi decisione riguardi l'interno di queste mura, spetta a me: dai ricevimenti alle cucine, dalle feste ai cerimoniali, dalla gestione delle giovani mogli del re a tutto quello che riguarda il suo piacere. Io decido, dispongo, detto, amministro. È un dovere del quale farei volentieri a meno, ma che so essere necessario per sollevare il re da questioni non all'altezza delle sue attenzioni."

Il suo discorso non ammetteva repliche. Forse avrebbe dovuto dosare la lezione, ma raramente le era capitato di trovarsi di fronte a tanta ribellione. Forse, il passaggio dallo status di servetta a quello di giochino prediletto del re le aveva montato un po' troppo la testa.

Milia non cedette: "Sono contenta che vi spendiate tanto per il nostro bene, ma vi vorrei ricordare che sotto le lenzuola reali ora ci dormo io. E il re mi sembra avere un carattere tutto sommato molto influenzabile da alcune richieste ben esposte in particolari momenti di intimità."

La ragazzina in poco tempo sembra aver già capito molto.

"E quindi?" chiese, con fare provocatorio, la prima moglie.

"Quindi non voglio essere l'ennesima vostra schiava, tanto più che ne avete già molte, ufficiali e non!"

Aleia sorrise. Era da tempo che non le capitava una simile occasione. Finalmente un piacevole diversivo, un'opera il cui compimento le avrebbe dato una certa soddisfazione.

Quando aprì bocca per parlare, la porta si spalancò di colpo. Re Beanor, a petto nudo, con indosso solo pantaloni e stivali, irruppe nella stanza: "Aleia, per favore, ricordami che tipo di... Oh!" esclamò, accorgendosi della presenza di Milia. "La tua serva mi ha detto che eri qui. Non sapevo che fossi in compagnia. Bene, mi fa piacere che iniziate a fare conoscenza" commentò, incuriosito dal vedere la prima moglie comodamente seduta e la nuova in piedi, a braccia incrociate di fronte a lei, con un'espressione che non prometteva nulla di buono.

Milia rispose con un profondo inchino, mentre Aleia rimase comoda: "Sire, mi sembra che sia da qualche decennio che vi chiedo di usarmi la cortesia di bussare prima di irrompere bruscamente nella mia stanza da letto."

Beanor, confuso e guardingo, annusava che qualcosa non andava: "Sì, hai ragione."

"Ecco, la tua giovane moglie mi stava appunto dando dimostrazione di quanto brava sia nell'esercizio del massaggio. Ha proprio un tocco superbo! Stavamo affinando la tecnica in modo tale che una di queste notti possa essere all'altezza delle membra reali."

Beanor lasciò scorrere nella mente immagini che provocarono una immediata eccitazione, con il risultato che il suo membro iniziò ad alzarsi. Era arrivato proprio al momento giusto. L'occhio manifestò uno smodato interesse: "Benissimo, mi sembra un'ottima idea."

"Assolutamente sì, Maestà. Milia dimostra capacità non comuni e abilità finora sconosciute in questo palazzo."

Aleia, consapevole di avere conquistato la piena attenzione del sovrano, sorrise compiaciuta.

Beanor era già affamato. Si chiese se fosse possibile chiamare il consigliere per posticipare gli impegni formali imminenti. “Voglio provare subito!”

“Oh no,” ribatté Aleia. “La ragazza non è ancora pronta. C'è bisogno di una grande opera di affinamento. Dopo aver lavorato sulle spalle, stavamo per passare al massaggio plantare.”

“In realtà, Sire, credo di essere già all'altezza di dedicarmi a voi” si affrettò a precisare Milia.

Beanor osservò la sua prima moglie: tranquilla, rilassata, sorridente e sicura di sé. L'espressione dell’altra, invece, era per lui indecifrabile, ma sapeva che l’umore delle giovani donne era sempre un po' altalenante. In ogni caso, Aleia non aveva mai commesso errori e, se riteneva necessaria un'ulteriore fase di affinamento, Beanor non aveva alcuna voglia di contrariarla.

La mente del re si smarrì in immagini di puro diletto. Di quella donna, Aleia, non avrebbe mai potuto fare a meno. In teoria, era solo una moglie, lo era da molto tempo. Molte altre avevano un fascino, una bellezza e un corpo giovane che lei non possedeva più, ma lei aveva qualcosa che mancava in tutte le altre, e Beanor era ben consapevole che senza la perversa preparazione di Aleia gli ci sarebbero volute settimane, se non mesi, per coprire alcuni aspetti educativi delle giovani spose. Ma lui era per natura impaziente e Aleia, nonostante tutto, era in grado di dargli esattamente quello che voleva nei tempi giusti. In più, lo dispensava dal preoccuparsi di piccoli particolari. Sì, Aleia era una vera regina e, se in cambio chiedeva dei privilegi che in teoria non le sarebbero spettati, a lui andava bene così. Anzi, in alcuni casi, provava un piacere del tutto particolare.

“Le membra di Sua Maestà” ribatté la prima moglie, “sono molto delicate e preziose. È un bene che tu abbia la possibilità di fare esercizio, così, quando lo allieterete con questi splendidi massaggi, le mie correzioni ti aiuteranno a evitare quelle pressioni che ancora appaiono piuttosto rudi. Sire, guardate voi stesso quanto impegno Milia stia profondendo nell’imparare.”

Lo sguardo di Aleia si spostò dagli occhi del suo sovrano a quelli della giovane moglie. Le palpebre si chiusero leggermente. Il trucco gli conferiva un'espressione ancora più maliziosa. Gli occhi scuri sembravano volersi nutrire delle emozioni della ragazza di fronte a lei.

"Avanti, Milia. Dài prova al nostro sovrano della tua grazia. Continua pure. Non essere timida, puoi massaggiarmi di fronte a Sua Maestà, anche se alcuni discorsi da donne forse non sono adatti per le sue orecchie."

Il bagliore furente negli occhi di Milia apparve per scomparire subito dopo. Si chinò ai piedi della prima moglie, che indossava ancora scarpe nere senza tacco, aperte sul dorso, con stringhe di pelle che salivano sulle caviglie.

Milia, servizievole, slegò il nodo e fece scendere in basso le stringhe, sfilando quindi la scarpa dal piede della regina.

Aleia godette profondamente nell'averla riportata al suo stato originario di servetta e, per di più, di fronte al re, il cui sguardo non lasciava dubbi sulle emozioni che stava vivendo in quel momento.

Beanor era tremendamente combattuto. La sola immagine di quelle due splendide donne, una affascinante e intrigante, l'altra giovane e bellissima, l'una ai piedi dell'altra, gli stava definitivamente facendo passare la voglia di dedicarsi agli impegni ufficiali. In fondo era il re ed era giusto che ogni tanto godesse dei piaceri riservati alla sua posizione.

L'erezione era così forte che la pressione del membro contro i pantaloni gli dava fastidio. Si accorse dello sguardo fugace e compiaciuto della prima moglie proprio in quella direzione e fece qualche passo verso le due donne, strofinandoselo apertamente. Persino Milia, che stava eseguendo il massaggio sul piede con cura e attenzione, si voltò sorpresa.

Dopo essersi trastullato un po', Beanor iniziò ad aprirsi i pantaloni, ma il battito alla porta ruppe l'incantesimo nel quale si era perso il re.

Era Tuirl: "Maestà, la vostra presenza è richiesta dai nostri ospiti, che sono ormai in attesa da lungo tempo."

Beanor guardò avidamente le sue due mogli e le ammonì, incapace di sottrarsi a quella splendida visione: "Continuate la vostra lezione. Non appena sarò di ritorno, signore, voglio trovarvi esattamente come vi ho lasciate."

Trionfo! Aleia immaginò il re tornare e trovare la servetta ormai stanca morta, incapace della vivace attività fisica adatta per soddisfare le voglie del sovrano. Al contrario, lei, dopo quel lungo massaggio rilassante, sarebbe stata ben felice di mostrare a Beanor ancora una volta che nessuna moglie poteva reggere il suo confronto.

Capitolo 36

La sacerdotessa Miril era in piedi sulla soglia del tempio, l'esile figura era sovrastata dalle imponenti ante del grande portone di legno scuro. L'aria fredda si gettava sull'ingresso come un'armata distruttrice alla conquista di un nuovo territorio. Miril, coperta di leggere vesti azzurre spezzate sulla schiena dalla treccia castana, sembrava non curarsene.

Lil stava attraversando l'atrio per recarsi nei locali più interni del tempio e iniziare i preparativi rituali.

"Vieni" la invitò Miril, senza voltarsi.

Lil la raggiunse sulla soglia.

"È una bellissima giornata. Che peccato non poter fare una bella passeggiata insieme nei boschi!" disse la sacerdotessa. Lil colse un misto di speranza e tristezza nella sua voce, ma non replicò.

"Credo che non ci sia altra soluzione che partire a nostra volta."

Le parole della sacerdotessa lasciarono Lil sbigottita.

"Miril, dove vorreste andare?"

"Nel punto in cui è stato creato un nuovo ramo del tempo."

Lil non aveva ancora compreso in pieno la strana teoria sui rami del tempo e non aveva avuto neppure occasione di notare i fenomeni di trasparenza di cui aveva parlato Miril. Tuttavia, non poteva negare che la scomparsa dei cadaveri fosse di difficile spiegazione, ma aveva comunque una fiducia incrollabile nella sua guida, anche se la sola ipotesi di viaggiare nel tempo le appariva tanto assurda quanto irrealizzabile. "Miril, credi che sia possibile?" si informò educatamente.

"I nostri avi ci hanno lasciati alcuni testi che potrebbero fornirci delle indicazioni utili. Occorre una lunga preparazione e non sono sicura che riusciremo a completarla in tempo, ma ho pensato tutta la notte a delle soluzioni alternative e, sinceramente, non ne ho trovate."

Interrogativi di ogni genere si affollavano nella mente di Lil. Aveva così tante domande da non riuscire a decidersi su cosa chiedere prima. Il freddo sul viso era solo un ricordo, sconfitto dal battito accelerato del cuore che la scaldava dall'interno.

"E una volta lì, cosa faremo?"

"Non te lo saprei dire, Lil. Noi possiamo solo avanzare delle ipotesi su chi abbia creato un nuovo ramo del tempo e sul perché l'abbia fatto. Possiamo dedurre che si tratti dell'artefice della pioggia di schegge, ma, finché non lo verificheremo, non potremo sapere altro."

"Ma Miril, cosa accadrà al tempio finché staremo fuori?"

Lei sorrise: "Nulla perché, se riusciremo a tornare, lo faremo un attimo dopo essere partite. Da quanto ho letto, con le tecniche magiche adeguate, potremmo programmare il viaggio in modo da partire e tornare quasi contemporaneamente."

A Lil sembrò che il suo cuore volesse balzare fuori dal petto. Era molto spaventata. "E se non tornassimo? Se ci succedesse qualcosa?"

La sacerdotessa le portò una mano al viso, accarezzandola dolcemente. "Lil, a cosa andremmo incontro se non ci incamminassimo sulla via di questo tentativo estremo? L'attesa sarebbe più rischiosa dell'azione."

"Sì, ma..." Lil avrebbe voluto spiegare che, in fondo, non era sicura della spiegazione di Miril, ma non aveva il coraggio di accusarla.

"Sì, sono certa di quello che vi ho detto," ribadì lei al pensiero inespresso di Lil.

Devo esercitarmi sulle tecniche di schermatura del pensiero, rifletté Lil.

Vieni qua, la esortò Miril, abbracciandola. "Ce la faremo, vedrai" le sussurrò.

Con la coda dell'occhio notò un movimento ai margini del bosco. Si voltò a guardare meglio, ma non scorse nulla di strano. A entrambe venne in mente lo stesso pensiero.

Fu Miril ad avere il coraggio di affrontare l'argomento: "Sì, credo debba venire con noi."

Bashinoir non le sembrava ancora essersi ripreso dal giorno dell'eccidio. Forse, il dover trascorrere tanto tempo da solo impegnato in lavori faticosi era un peso eccessivo per lui. Lo sentiva sempre più lontano e combattuto, ma era convinta che gli ci volesse del tempo per accettare la perdita di tutta la sua vita, oltre a quella relativa della moglie. Talora era tentata di sincerarsi più profondamente delle sue preoccupazioni, scrutando nei suoi pensieri, ma l'etica glielo impediva. La telepatia era tradizionalmente ammessa all'interno del corpo sacerdotale, dove si riteneva che tutti i membri dovessero agire come un'unica mente, pertanto gli avi avevano posto dei limiti dettati dal rispetto della discrezione. Lil era ancora più preoccupata e sofferente per la distanza del marito, che aveva eretto nei confronti suoi e della sacerdotessa un muro invalicabile.

Miril riprese il discorso: "Non possiamo chiedergli di rimanere qui né possiamo partire senza dirgli nulla. Se non dovessimo tornare, sarebbe un gesto molto crudele da parte nostra scomparire senza che lui ne sappia nulla. Ad ogni modo, non sappiamo a cosa andremo incontro, e l'apporto di un uomo potrebbe essere fondamentale."

Lil quasi non riusciva a concepire l'idea di poter lasciare l'isola dove aveva sempre vissuto per recarsi addirittura in un altro tempo. L'ignoto, i pericoli, le teorie sui rami del tempo; tutto vorticava nella sua mente in preda alla più totale confusione. Ma c'era una domanda che più di tutto le stava a cuore: "Miril, tu sai dove andare?"

La sacerdotessa le sorrise con ancora più tenerezza del solito. "No, dovremo capirlo insieme. È un processo, da quanto ho letto, molto lungo e complicato, che richiede una profonda preparazione. Non ho idea di come faremo a portare avanti il lavoro rituale, la tua preparazione e questo nuovo impegno allo stesso tempo. Temo che dovremo impiegare un gran numero di notti e questo potrebbe andare a scapito della nostra concentrazione.

"Ad ogni modo, esistono delle tecniche magiche con le quali saremo in grado di risalire lungo il nostro ramo temporale fino a quando percepiremo la congiunzione con il nuovo ramo. Le frequenze, in quel punto, saranno diverse. Starà a noi, seguendo le tecniche indicate nei libri, riuscire a ricavarne le risposte corrette. Sarà come risalire un fiume alla ricerca di un affluente la cui acqua ha un colore differente perché scorre su un diverso tipo di terreno.

Per quanto riguarda il luogo, dovremo agire in maniera simile. Immagina di gettare un sasso in uno stagno. Le onde si propagano dal punto in cui l'oggetto ha toccato l'acqua. Studiando le increspature del tempo, dovremmo essere in grado di individuare il punto in cui è stato gettato il sasso, l'origine del nuovo ramo. E una volta ottenute le coordinate, viaggeremo in quella direzione."

Lil era sconvolta: dopo la pioggia di schegge, l'unico conforto era stato trovarsi tra le rassicuranti mura del Tempio, permanenza adesso minacciata dai propositi della sacerdotessa. Temette di non avere né le forze né le capacità per affrontare un'impresa tanto al di là della sua immaginazione.

"Saremo insieme, non ti preoccupare," la rassicurò dolcemente Miril, ma neppure la sua sensibilità telepatica questa volta sembrò calmarla.

"Miril, non potremmo andare solo a vedere cosa è successo, tornare qui e studiare come intervenire?" Quelle parole sorpresero lei stessa. Eppure, le pareva giusto muoversi con particolare cautela in una situazione tanto delicata.

Miril replicò con uno sguardo carico di speranza, ma anche velato di tristezza. "Dopo aver consultato i testi, ho cercato nei nostri laboratori quali elementi avessimo a nostra disposizione. Ho trovato delle urne antichissime, forse contenenti i materiali necessari, che non credo provengano da quest'isola. I nostri avi potrebbero averli portati dalle terre del nord. Ho fatto un primo calcolo di quanto ci occorre e sono quasi certa dei risultati. Purtroppo, il numero di viaggi nel tempo a nostra disposizione sarà molto ridotto."

"E quanti ne potremo fare?" chiese Lil, al culmine dello spavento.

"Solo due. Andata e ritorno."

Capitolo 37

Bashinoir era profondamente contrariato. La sera prima Lil e Miril l'avevano tormentato con ogni genere di domande sulle sue attività, chiedendogli in particolare dei suoi movimenti sull'isola e di come procedesse il trasferimento degli animali nelle stalle vicino al Tempio. Di fronte alla sua reticenza, pur continuando a interrogarlo, si erano dimostrate gentili e comprensive, trattandolo come con un bambino problematico che, per qualche motivo, non poteva essere sgridato. Quell'atteggiamento falso e accondiscendente era davvero intollerabile. Se avevano qualcosa da rimproverargli, era meglio che lo esprimessero apertamente.

Che abbiano scoperto qualcosa? Come potrebbero, se non escono mai?

Quel giorno aveva deciso di tornare nella sua vecchia casa, la piccola abitazione dove viveva con Lil in attesa della costruzione di quella nuova. Aveva acceso il fuoco, tolto gli stivali e si era adagiato mollemente sulla sedia a dondolo di fronte al camino. Nella piccola ma confortevole casa, su un lato si trovava la stufa, che Lil usava per cucinare, sull'altra c'era il camino e al centro si trovava il tavolo. Tramite una scala si saliva nel sottotetto, dove era adagiato il loro letto. I danni derivanti dalla pioggia di schegge non erano poi molti, null'altro che qualche foro facilmente riparato.

Il loro letto. Il solo ricordo gli fece provare una profonda nostalgia delle notti in cui i loro corpi si tenevano al caldo, quando poteva nutrirsi del dolce profumo della moglie.

Ma Lil ora era lontana da lui. Gli appariva sempre più bella e irraggiungibile, risplendente di una luce nuova, più accesa delle fiamme che gli danzavano davanti, con occhi luminosi come due soli. In questa sua nuova esistenza, per lui sembrava non esserci posto. Durante la giornata, il tempo che trascorrevano insieme era poco; e la sacerdotessa Miril era sempre presente. Per di più, oltre a lavorare insieme, le due donne avevano sviluppato una confidenza del tutto particolare, dal quale si sentiva escluso. E con lui? Le poche volte in cui si erano trovati da soli, Bashinoir avrebbe voluto ridere e scherzare come un tempo, eppure non si sentiva più alla sua altezza e aveva l'impressione che le sue allegre battute non sarebbero più state di suo gradimento.

Bashinoir avrebbe dato tutto per avvertire su di sé gli occhi avidi di desiderio della moglie; quando poi fingeva di voler fuggire, ansiosa che lui dimostrasse la sua virilità in una ricerca che non le lasciasse scampo.

Chiuse gli occhi, godendosi il crepitio del fuocherello che gli trastullava le orecchie e il calore della fiamma che gli riscaldava corpo e viso.

Immaginò la moglie scappare davanti all'ingresso del Tempio e giocare a nascondersi.

Con la mano si accarezzò i pantaloni.

Lil continuava a fuggire, voltandosi a guardarlo sorridente e maliziosa.

Bashinoir si aprì la patta e prese il membro nella mano destra, accarezzandolo.

Lil si era nascosta dietro un angolo, ma quando Bashinoir credette di averla raggiunta, lei era già scomparsa. Si guardò intorno. Un rumore tradì la posizione di sua moglie. Lui prese una direzione che gli avrebbe consentito di tagliarle la strada.

Le dita strette sul membro salirono e ridiscesero. *Da quanto tempo non provavo un simile piacere!*

Bashinoir si appostò al riparo dietro un muro. Udì i passi di Lil, che camminava guardando dietro di sé. Senza accorgersene, finì proprio tra le sue braccia.

Quell'improvviso contatto lo eccitò moltissimo. La mano iniziò a muoversi più velocemente. Il respiro accelerò.

Lil lo scrutò indifesa, con occhi che lo imploravano di ridarle la libertà. Amava quello sguardo.

La mano accelerò ancora.

Le bloccò entrambi i polsi, e con le labbra si avventò su quelle della moglie. Lil finse di resistere, ma poi le dischiuse lasciando che la sua lingua irrompesse. Ma Lil si ritrasse di scatto: "No, sono una novizia!"

Bashinoir ci rimase male. Abusare di una novizia era uno dei peggiori crimini. Eppure Lil era così seducente. E il popolo non c'era più. C'erano solo loro due.

Il movimento della mano si arrestò. Era ammesso immaginare di possedere un'iniziata? Eppure lei era sua moglie.

Richiuse gli occhi e la mano riprese il movimento.

Lil resisteva. Una ragazza nel suo ruolo non poteva concedersi facilmente, così Bashinoir la prese in braccio e la portò nel letto della sua camera, mentre lei scalciava e si dimenava, incapace di opporre resistenza alla sua prestanza fisica. Quando la adagiò sul letto, lei finse di divincolarsi, ma gli occhi tradirono un desiderio persino superiore al suo.

"No, Bashinoir, lo sai che non posso!" lo rimproverò Lil, con aria seducente e maliziosa.

In tutta risposta Bashinoir si aprì i pantaloni, le alzò la tunica e si adagiò sopra di lei, che strinse le gambe per resistere. Tuttavia lui, con un forte movimento del bacino, riuscì a fargliele aprire, spingendo e penetrandola a fondo.

Al pensiero, la mano di Bashinoir si mosse come impazzita, velocissima. Il membro era duro come un sasso e bruciava come il fuoco del camino.

Bashinoir si mosse dentro e fuori di lei, con lo stesso ritmo della sua mano. Lil mugugnò, bagnata ed eccitata sotto, infuocata nello sguardo. Bashinoir la possedette come un vero uomo, concedendosi di far esplodere tutto il suo piacere dentro di lei. Che restasse finalmente incinta, così non avrebbe più potuto rifiutare almeno quella parte di suo marito. L'immagine dello sperma che la invadeva lo eccitò a tal punto che il corpo di Bashinoir si irrigidì, la mano compì le ultime decise tornate, per poi, poco prima dell'orgasmo, rallentare. Nella mente persistette l'immagine del sesso della moglie inondata del suo caldo seme.

Al colmo dell'eccitazione, rallentò il ritmo. Dopo aver abbassato un'ultima volta la mano, il successivo movimento fu accompagnato da un'eiaculazione così potente da schizzargli in alto sul vestito, poco sotto il collo.

"Questo è per te, Lil," si compiacque Bashinoir, fiero di poter dedicare il suo bel momento di autoerotismo alla seducente bellezza dell'ex moglie.

Per qualche minuto rimase a godersi il momento.

Il fuoco aveva perso intensità. Il pene sporco di sperma e le macchie sui vestiti cominciarono a farlo sentire a disagio. Si alzò, alla ricerca di qualcosa per pulirsi. Prese un vecchio straccio, con il quale eliminò lo sperma dai vestiti.

Infine uscì di casa. Quel momento di piacere nella sua vecchia dimora gli era piaciuto e si ripromise di tornarci. E ora? Si sarebbe finalmente potuto dedicare al lavoro, anche se, avendo atteso tanto, un giorno non avrebbe certo fatto la differenza. Per una volta che gli capitava di essere di un umore migliore del solito, sarebbe stato bello mantenerlo. Tutto sommato aveva bisogno di un po' di contatto, quindi decise di recarsi nel luogo dove ormai era quasi sicuro d'incontrare la sua amica ombra.

Capitolo 38

Quindi voi due vi siete salvati?

Al tramonto, il sole incendiava il cielo alle spalle di Bashinoir, che osservava di malumore l'ombra ondeggiante sul pelo dell'acqua di fronte a lui. La conversazione lo stava mettendo in difficoltà.

"Sì, siamo riusciti a salvarci, credo per miracolo. Le schegge cadevano ovunque. Ripensandoci, ancora non riesco a credere che non ci abbiano colpiti. Solo una piccola ferita al polpaccio."

Bashinoir scrutava il mare in lontananza diventare via via più scuro; ne respirò l'odore.

E la sacerdotessa, invece, è riuscita a rimanerne al di fuori?

"Si trovava nel Tempio quando è iniziato tutto."

Ma non mi avevi detto che tutto il popolo, anche i sacerdoti, partecipano ai rituali importanti?

"Non so bene quale sia il motivo. Credo sia una nostra tradizione. Ma in molti casi il sacerdote è solo uno, mentre l'altro rimane nel Tempio."

Per le protezioni magiche, giusto?

"Eh sì, è necessario per non alterare le forze magiche dell'isola, perché altrimenti ci troveremmo in pericolo. Non è che ne sappia molto: noi del popolo sappiamo solo quanto ci viene raccontato dagli anziani."

Quindi era la sacerdotessa che si occupava delle protezioni magiche in quel momento?

"Sì, il sacerdote stava officiando il rito di unione degli sposi."

E lei nel frattempo proteggeva l'isola?

Bashinoir era in preda a un profondo disagio. Avrebbe voluto alzare la voce, ma temeva di perdere l'unico amico che aveva. Se ne sarebbe andato, ma non aveva voglia di lambiccarsi a trovare un'occupazione per il resto della serata: era ancora troppo presto per farsi vedere al Tempio.

"Io non lo so! Noi non sappiamo nulla di protezioni magiche. Sappiamo solo che se ne occupano i sacerdoti."

Certo, certo. Era mai capitato qualcosa di simile in precedenza?

Bashinoir seguì con gli occhi il movimento ipnotico dell'ombra sul pelo dell'acqua. Affondò le dita nella fredda sabbia, sbuffando.

"Perché mi fai queste domande?"

Devi scusarmi. Vivo piuttosto isolato e non ho mai sentito parlare di templi, sacerdoti e magia. Ma, se preferisci, cambiamo argomento. È solo che sono un po' preoccupato."

"Perché?"

E se tu fossi in pericolo? Se ti accadesse qualcosa? Cosa farei senza di te?

E io cosa farei senza di te?, si chiese Bashinoir, per un attimo dimentico che l'ombra potesse leggergli nel pensiero.

La nostra amicizia per me è una cosa bellissima. Non vorrei mai perderti.

"Neppure io, ma non capisco: perché dovrei essere in pericolo? Credi che quello che è accaduto possa ripetersi?"

No, cioè, dipende...

"Da cosa?"

Ecco, io non capisco! Se i tuoi sacerdoti sono così potenti e una di loro era addirittura nel Tempio a proteggervi, come è potuta accadere una cosa simile senza che lei neppure se ne accorgesse?

La domanda colpì Bashinoir come un pugno allo stomaco. Aveva spesso percepito che qualcosa non andasse negli avvenimenti di quel giorno funesto e, dentro di sé, aveva incominciato a nutrire del risentimento nei confronti della sacerdotessa, ma non aveva mai osato concepire un'accusa esplicita.

"Credi che lei sapesse?"

Non lo so. Io non posso saperlo, ma mi hai detto che in precedenza le difese magiche sono sempre state impenetrabili. Ed è strano che non si sia neppure accorta di quello che stava per accadere. Un sacerdote non dovrebbe avvertire queste cose?

Bashinoir non sapeva cosa rispondere, ma intuiva che l'ombra potesse aver ragione.

Però, forse in seguito, la sacerdotessa ha saputo darvi delle spiegazioni su quello che è successo?

"Beh, sì, ha accennato alla guerra magica con i nostri nemici, alla questione del tempo..."

E vi ha spiegato perché mai non vi abbia avvisato di cosa stava succedendo?

"No, questo no."

Uhm... è molto strano. Potrebbe non essersene accorta, oppure potrebbe essersene accorta e non avervelo voluto dire.

"Ma non ha nessun senso!"

Sì, hai ragione, perché mai una sacerdotessa dovrebbe voler uccidere il proprio popolo? Ma ora lei cosa vorrebbe fare?

"Dice che dobbiamo fare anche noi un viaggio nel tempo, che l'unico modo per riparare questa cosa della realtà sbagliata è quella di tornare indietro."

Quindi vuole lasciare l'isola?

"Sì, ma poi torneremo."

Ah... ecco!

Bashinoir si sentiva sempre più in crisi. Non era necessario che formulasse alcun pensiero, perché l'ombra poteva sentire le sue emozioni, e uno, doloroso, gli trafisse la mente: *Credi che possa averlo fatto per andare via dall'isola?*

Non posso proprio saperlo. So solo quello che mi racconti tu, ma chi non desidererebbe un futuro lontano da un'isola gelida e isolata, dove si è costretti a dedicarsi giorno o notte agli impegni rituali, senza il calore di un altro essere umano di fianco a sé?

"Lil!" urlò Bashinoir, sconvolto.

Ci stavo pensando anche io, ma non volevo farti preoccupare.

Bashinoir era furente. Tutti i pezzi del mosaico finalmente combaciavano. Perché Miril non li aveva protetti? Perché non si era neppure accorta di quello che stava per accadere? Perché gli aveva rubato sua moglie?

"Però, perché ha chiesto anche a me di fare il viaggio nel tempo?"

Forse non è un viaggio nel tempo, ma solo nello spazio, alla ricerca di qualche luogo più piacevole dove vivere. E, quando si compie il rituale del teletrasporto, è lei che decide cosa deve accadere. Se proponesse a tua moglie di lasciarti qui, lei non sarebbe d'accordo. Così fa la bella figura, ma non è detto che tutti e tre arriverete a destinazione.

Bashinoir era basito. *Se è così...* Strinse i pugni, alzandosi. Avrebbe messo le cose in chiaro una volta per tutte.

Dove vai? Fermati!

"Perché?"

Non puoi farle del male se non sei sicuro. E poi, devi stare attento, potrebbe adoperare i suoi poteri magici contro di te. È una sacerdotessa, avrebbe sicuramente la meglio.

"E allora?" chiese Bashinoir, rabbioso. "Cosa dovrei fare?"

Devi attendere il momento giusto.

Capitolo 39

Milia era sopra di lui, ma non si muoveva con l'abituale foga. Quella ragazza che fino alla notte prima lo aveva fatto impazzire, quella dea del sesso non sembrava in sé. Dopo l'orgasmo, gli si era stesa a fianco, dandogli la schiena, senza degnarlo delle solite attenzioni.

Beanor era contrariato. In genere, risolveva queste problematiche congedando la fanciulla e mandandone a chiamare un'altra. Ma di Milia ora aveva ancora bisogno. Si sentiva nel momento della passione sfrenata, vittima di un desiderio sordo e inesauribile che lo avrebbe portato a godere di quel corpo in ogni momento della giornata.

Lei taceva e lui non sapeva cosa fare. Si chiese se domandarle cosa non andasse, ma non gli era mai accaduto di interessarsi ai sentimenti di una suddita e neppure a quelli di una moglie.

Trascorsero diversi minuti di imbarazzante silenzio, infine Beanor decise di prenderla alla lontana: "Il clima di questi giorni fa stancare molto le donne."

Nessuna risposta.

Si sentì umiliato per quella mancanza di rispetto. Istintivamente, cercò con gli occhi la spada, con la quale amava di solito risolvere quelle situazioni. Ma non era ancora il momento. Era certo che in tutto il regno non sarebbe riuscito a trovare un corpo così bello e un sedere tanto sodo.

"Io sono vostra moglie... non sono la schiava di nessuno!"

Beanor rimase allibito. Nessuno aveva mai osato rivolgersi al re in quel modo.

Le mani gli prudevano, eppure non riusciva a dimenticare quanto vissuto nelle notti precedenti. No, doveva mantenere la calma. Non avrebbe potuto privarsi di quegli amplessi che l'avevano fatto sentire come mai prima di allora.

"E cosa vuoi dire? Certo che devi servire solo me!"

"A me non sembra che le cose vadano esattamente in questo modo."

Arrogante, sfrontata... Come osa? È ora che questa giovane puledra sia rimessa nei ranghi!

Beanor ero pronto a farle sentire il peso della propria autorità, ma lei si girò, in lacrime, e lo baciò appassionatamente. Poi, con il viso a pochi centimetri dal suo, gli disse: “Maestà, vi prego, non lasciate che io sia vittima di angherie. Vi farò provare tutto il piacere di questo mondo. Queste notti non sono state ancora nulla, ho appena iniziato a capire che cosa vi fa godere. Ma vi prego, salvaguardate le mie giornate e vi assicuro che le vostre notti saranno indimenticabili!”

Beanor, colto di sorpresa, rimase in silenzio. Fece un tentativo di comprendere a cosa Milia si potesse riferire, senza che gli venisse in mente nulla.

Non riteneva regale interessarsi alle paturnie della giovane, ma quelle promesse lo indussero ad andare oltre: “E chi mai oserebbe recare disturbo alle tue giornate?”

“Direi che ne siete perfettamente a conoscenza, Maestà.”

Oh sfrontata! Mai, in tanti anni, si era trovato di fronte a simili affronti.

“Tu, brutta...” iniziò a dirle, in preda all'ira.

Ma lei lo baciò ancora più appassionatamente. Appoggiò una mano sul suo membro e iniziò a muoverla in basso con insostenibile lentezza, quindi si allontanò dal suo viso e, fissandolo, continuò a masturbarlo. “Maestà, vi prego, non siate cattivo con me. Io cerco il vostro aiuto.”

“Continua!” le ordinò lui.

“Mi aiuterete?” gli chiese la ragazza, il cui movimento non accennava ad accelerare.

“Ne parliamo dopo! Ora fai il tuo lavoro” rispose Beanor, seccato.

“No, ho bisogno di essere rassicurata.”

Gli occhi di Beanor fiammeggiarono. “E va bene, dimmi cosa ti angustia!”

Capitolo 40

Nal osserva di sfuggita il suo fratellino. Lui detesta i sotterfugi, e non si è ancora accorto di nulla. È completamente immerso nei suoi compiti. Esegue le richieste per le protezioni magiche, ripassa per bene tutto quello che deve mettere in sicurezza. Lei sa che lui si renderà conto della sua mossa solo quando sarà troppo tardi. Si arrabbierà molto. Ma è così che si impara.

Capitolo 41

Non riuscendo a dormire, Lil si rigirava senza sosta nel letto, con l'idea del viaggio nel tempo che non smetteva di angosciarla. L'isola aveva sempre rappresentato il suo orizzonte. Spiagge e scogli erano i confini del suo universo. Rare volte le era capitato di accompagnare qualche pescatore in mare. Talora aveva sognato terre lontane, quei luoghi caldi di cui si narrava nei racconti, abitati da uomini di ogni razza vestiti con abiti variopinti.

Ma il pensiero di andare nel *passato* la terrorizzava. Si sarebbero recate in un tempo in cui gran parte del loro popolo era stato sterminato e i sopravvissuti erano dovuti fuggire per mare. Le incognite erano innumerevoli. Sarebbero potute essere coinvolte nel massacro. Forse non avrebbero più trovato il modo per tornare indietro e sarebbero rimaste intrappolate in un'epoca dura e tenebrosa. Avrebbero potuto ucciderle.

Aveva fiducia in Miril, ma queste teorie sui rami del tempo le risultavano quasi impossibili da afferrare. Si chiedeva se Miril fosse pienamente consapevole di quello che faceva, ma non voleva mettere in dubbio la sua saggezza.

E poi c'era Bashinoir, sempre più lontano e perso nel proprio mondo. Più lei cercava di avvicinarsi, più lui si allontanava. Non era più lui. E non era certo nelle condizioni ideali per affrontare un simile viaggio. In ogni caso, era necessario che lui andasse con loro, c'era bisogno della sua forza. Non avevano idea di cosa le aspettasse. Sarebbe stato quasi impossibile cavarsela in tre; in due era impensabile.

Aveva perso quasi tutto della sua vita d'un tempo, e quel poco rimasto, faticosamente ricostruito, le stava per sfuggire di nuovo di mano.

"Lil" la chiamò Miril, sottovoce, da oltre la porta.

"Sì?"

"Non riesci a prendere sonno, vero?"

"No."

"Neppure io."

Lil si alzò. Camminando sul freddo pavimento, si affrettò ad aprire la porta e a invitarla ad accomodarsi.

Miril indossava una vestaglia bianca leggerissima. Entrando

scorse il crepitio del focolare che illuminava l'ambiente di colori caldi, spandendo nella camera un piacevole tepore. Sapeva quanto Lil detestasse il freddo.

Benché molto stanca, Miril apparve in ordine come di consueto, a differenza di Lil che si sentiva sempre scombussolata.

Sorridendole, Miril andò a sedersi sul bordo del letto, seguita da lei.

"So che non ti saresti mai aspettata delle prove di questo tipo. Hai paura ed è giusto che sia così. Io stessa sono terrorizzata. Credimi, se ci fosse un altro modo, sarei felice di evitare un viaggio così rischioso. Ma purtroppo non c'è o, almeno, non siamo in grado di trovarlo. Nonostante tutti i pericoli che potremo trovare, dobbiamo partire. Le nostre conoscenze magiche ci verranno in aiuto laddove l'esperienza sarà carente."

Il tono calmo e pacato di quelle parole infondeva una certa serenità anche nello spirito travagliato della giovane.

"Lil, vorrei che tu sapessi una cosa." Miril attese prima di continuare, fissando il fuoco.

Quell'incertezza fece riemergere in Lil le ansie di poco prima.

"Abbiamo vissuto e stiamo ancora vivendo delle prove molto dure. È terribile quello che è accaduto sulla nostra isola e non potrai mai immaginare quanto io sia rammaricata per non averlo saputo prevedere e per non aver messo in atto le difese adeguate. Ad ogni modo," ancora una lunga pausa, "ad ogni modo, nel corso di questa tragedia ho scoperto qualcosa che non avrei mai sospettato, un sentimento bellissimo, che mi ha reso possibile ritrovare almeno una piccola felicità."

Lil era incuriosita. Si accorse del battito del proprio cuore. Una folle idea, subito repressa dalla vergogna, le saettò nella mente.

Miril annuì lievemente. Lil arrossì.

"Queste settimane trascorse insieme a te sono state molto belle" disse tutto d'un fiato Miril, quasi volesse togliersi un peso, con un'inflessione di timidezza che Lil non aveva mai udito prima.

Lil era sbalordita. Non le dispiacevano quelle parole, ma era come se la rivoltassero interamente sottosopra.

"Ti chiedo scusa" riprese Miril, confusa. "So che fino a poco tempo fa eri sposata con lui e io... ecco, non vorrei mai..."

Miril si alzò, voltandosi e dirigendosi verso la porta.

"Aspetta" la richiamò Lil, sforzandosi di apparire tranquilla mentre dentro di sé gli schiaffi di una bufera le percuotevano l'animo.

Quando Miril si voltò, Lil si accorse che stava piangendo. Incerta, si alzò in piedi e fece qualche passo verso di lei. Non aveva idea di come comportarsi né di cosa dire. Miril era immobile. Piangeva ma era bellissima, come sempre. Sembrava una dea.

Lil fece ancora un passo. Miril sembrava aspettarla, ma poi anche lei si mosse. Distese le mani leggermente in avanti e Lil le raccolse nelle sue.

Le due donne si abbracciarono, stringendosi forte; le due teste abbandonate l'una sulla spalla dell'altra.

"Grazie, Lil. Sei tu che mi hai fatto conoscere un tipo di magia che mi ha trasformata, che mi ha resa diversa. Da quando tu sei qui, la mia vita è cambiata."

Lil percepì gli anni di solitudine, di impegni gravosi, la dura disciplina e il severo apprendistato che avevano caratterizzato la vita di Miril.

Rialzò la testa. Le due donne si guardarono negli occhi. Impercettibilmente, il viso di Lil si avvicinò a quello di Miril, in lacrime.

"Miril, non devi rinunciare a quello che hai conquistato per me."

La sacerdotessa la guardò stupita. "Rinunciare?"

"Io," continuò Lil, imbarazzata, "ecco, io pensavo che una sacerdotessa non potesse..."

Miril sorrise. "Oh, certo, i sacerdoti non possono avere relazioni con gli esterni, per non mischiare i livelli vitali. Ma, tra di loro, ecco… non ci sono problemi."

Lil rimase a bocca aperta. Non avrebbe mai immaginato l'esistenza di una simile regola. "Quindi tu e il sacerdote...?" domandò, titubante.

Una allegra scintilla tornò a illuminare il volto della sacerdotessa. "Oh no! Il fatto che *possiamo* non significa che *dobbiamo*."

"Ah certo, certo" si affrettò a dire Lil, a disagio per aver osato tanto.

"E poi," aggiunse Miril, distogliendo lo sguardo, "non ho mai dovuto sforzarmi per contenere le mie emozioni nei confronti degli uomini. Per le donne, tuttavia…" Abbassò lo sguardo.

Lil si sentì avvampare. Quanto doveva essere difficile in quel momento per la sacerdotessa mettersi così a nudo di fronte a lei?

Avvicinò il suo viso a quello di Miril e le sfiorò le labbra con le proprie. La donna alzò il capo. Gli occhi ardevano, le mani premevano con forza sulla schiena di Lil. Qualcosa di molto profondo si mosse nell'animo della giovane, qualcosa che nessun uomo le aveva mai fatto provare.

"Miril, se vuoi, puoi farlo. A me fa piacere."

"Sei sicura, Lil?"

La fanciulla annuì.

Le labbra di Miril si posarono dolcemente su quelle di Lil, premendo a lungo. Si staccarono per un attimo e tornarono a congiungersi.

"Oh, Lil…"

Lil, abbandonata alla passione e alla dolcezza dell'amica, si chiese se per lei fosse il primo bacio. Avrebbe voluto sentire il sapore di quella bocca, ma si trattenne.

Rimasero strette l'una all'altra, con le labbra che si rincorrevano.

"Buonanotte" le augurò infine Miril.

Lil avrebbe voluto che la sacerdotessa non si fermasse a quel bacio, ma rispose solo: "Buonanotte, Miril."

Miril abbassò il capo, portando a sé il dorso delle mani di Lil, su cui posò le proprie labbra. Poi si voltò e uscì.

Capitolo 42

Il giovane apprendista Ilis passeggiava nel cortile di palazzo, perso nei suoi pensieri. Il maestro era piuttosto soddisfatto di lui e persino il sovrano sembrava gradire i loro progressi. Tuttavia, il ruolo che doveva ricoprire non lo esaltava.

Avevano sterminato quasi tutti su quell'isola. Per quale motivo occorreva accanirsi sui poveri superstiti? Se erano davvero i loro riti magici a mantenere intatta la barriera che isolava il suo popolo dal resto del mondo, non poteva esserci un altro modo per raggiungere lo stesso risultato? Si chiese se non fosse possibile provare a comunicare in altra maniera con i superstiti, provando a persuaderli. Dopo la pioggia di schegge voluta dal maestro Aldin, non era certo che vi fosse ancora la possibilità di un contatto pacifico con gli isolani, ma era pur vero che la loro posizione di estrema debolezza avrebbe potuto ricondurli a più miti consigli. In fondo, che destino poteva attenderli se fossero rimasti soli? Non si sarebbero forse trovati meglio in compagnia di coloro con i quali un tempo avevano condiviso le terre?

Quell'uomo sull'isola, così perso, così isolato, gli faceva pena. Avrebbe voluto aiutarlo e non circuirlo per indurlo a commettere un omicidio.

Un piacevole canto lo distolse dai propri pensieri. Attraverso una finestra della sala sotto il piccolo porticato, vide una figura femminile dedicarsi ai lavori a maglia. Cantava un motivo tradizionale del loro popolo, di quelli che anche lui ascoltava dalla sua nutrice quando era bambino.

Incuriosito, aprì il portoncino in legno ed entrò nella sala, dove trovò Milia, la giovane moglie del re. Qualche settimana prima aveva assistito a un inusuale matrimonio serale, organizzato in tutta fretta, nel quale la cosa più strana era stata l'assenza del padre della sposa.

All'ingresso dell'apprendista, il canto si interruppe.

"Scusatemi, non volevo disturbarvi," si schermì il giovane.

Milia lo penetrò con lo sguardo. "Non mi disturbi affatto. E dammi del tu. Fino a poco tempo fa ero una semplice servetta. Fatico ad abituarmi al mio nuovo rango *reale*."

Ancora fermo sulla soglia, Ilis osservò, cauto: "Immagino sia una posizione che abbia i propri privilegi."

Con aria triste, Milia replicò: "Oh sì, moltissimi, come quelli di dover compiacere ogni notte a letto le perversioni di un pazzo furioso."

Il viso di Ilis avvampò. Non aveva mai udito nessuno parlare in quel modo di re Beanor, tantomeno in una sala del palazzo.

Avanzò, rimproverandola: "Ma cosa dici? Essere la moglie del re è il sogno di ogni fanciulla del reame."

Milia lo fissò per qualche secondo, per poi scoppiare a piangere, coprendosi il viso con le mani.

"Cosa ti succede?"

"Lo odio!" spiegò lei, tra i singhiozzi, "E odio questo posto. È orrendo. Prima dovevo lavorare, ma avevo delle vere amiche. C'era la mia famiglia. E c'era... lui."

"Lui? Lui chi?" Ilis strabuzzò gli occhi.

Per tutta risposta, Milia pianse sempre più forte.

"Shhh!" Ilis le fece segno di tacere. "Potrebbero sentirci."

"E allora?" ribatté Milia, scoprendosi il viso bagnato, "Che mi sentano! Non si può neppure piangere qui?" Dal tono accusatorio, era quasi come se fosse Ilis la causa dei suoi mali.

Imbarazzato, il giovane le si avvicinò. Avrebbe voluto darle il proprio sostegno, mentre lei piangeva a dirotto. "Su, su, forse si può fare qualcosa per migliorare la tua condizione" disse lui, incerto.

"Cosa? Cosa? Le altre mogli mi odiano. Per il re non sono altro che un giocattolo. Tutti gli altri mi guardano come fossi l'ennesima puttana che il re ha deciso di scoparsi per via del suo bel culo. Quale sarebbe la soluzione? Sono sola, completamente sola, non ho nessuno."

Ilis non sapeva come districarsi, così la guardò piangere. Si diceva che il re l'avesse voluta sposare poche ore dopo averla vista per la prima volta. Ora Ilis ne capiva la ragione.

"Ci sono io" la rassicurò in un impeto di coraggio, inconsapevole di come quelle parole gli fossero uscite di bocca.

Milia lo guardò con gli occhi gonfi e lucidi. "Tu? Vorresti essermi amico?"

"Oh sì, certo, ne sarei onorato."

La ragazza si alzò in piedi, gli si avvicinò e gli gettò le braccia al collo.

Capitolo 43

“Non lo sopporto più!” urlò Milia. “È un porco, brutale, pervertito, sadico. Non voglio più trascorrere nemmeno una notte in sua compagnia.”

Nonostante le spesse mura che circondavano il locale sotterraneo, Ilis temette che qualcuno potesse udirla. “Suvvia, calmati...”

“Calmarmi? Tu non devi passare tutta la notte a compiacere quel maiale! Io non ce la faccio più. Preferisco morire piuttosto che andare avanti in questo modo.”

Ilis si sentì gelare il sangue. “Su, Milia, non puoi dire una cosa come questa.”

Lei si lasciò cadere sul divano in pelle e, con una candela, accese il *formir,* una lunga pipa nel cui fornello bruciavano le foglie di un albero molto raro. Solo gli alti dignitari di corte potevano concedersi il lusso di fumare.

A Milia piaceva incontrare Ilis in quel luogo, per potersi concedere il piacere di rilassarsi al riparo da occhi indiscreti.

Dopo alcune aspirate, la fanciulla si tranquillizzò. Tirava dal beccuccio, tratteneva il fumo nei polmoni ed espirava.

Milia si voltò verso Ilis e lo fissò. “Vuoi provare?” gli chiese, accennando un sorriso.

“Oh no, ci mancherebbe. Non credo che il maestro ne sarebbe granché contento.”

“Il maestro ora non è qui, però, mentre io sì. Sicuro di non volerlo fare? Non hai idea di quanto possa essere piacevole.”

Ilis le si sedette a fianco. “Vedi, Milia, in genere nel percorso di preparazione magica gli apprendisti tendono ad astenersi da ogni tipo di vizio.”

“Uhm... e chi l'ha deciso?” lo sfidò Milia, beffarda. “Non vedo proprio come un momento di piacere possa essere un problema per la tua preparazione magica.”

Milia aspirò profondamente ed espirò in direzione di Ilis, che assaporò l'aroma di quel fumo profumato.

“Prova, su. Un'unica tiratina non sarà certo un problema” lo blandì Milia, ammiccando.

Ilis era quasi certo che non gli fosse consentito, ma in realtà non gli era mai stato dato un divieto esplicito. Del resto, quelle foglie erano quasi impossibili da trovare, per cui in genere non si poneva neppure il problema. E poi, un mago era tenuto a conoscere il più possibile la realtà che lo circondava.

Si chinò esitante verso il beccuccio.

Milia glielo spinse fin tra le labbra. “Bravo. Ora aspira. Ancora, ancora... trattieni... e ora butta tutto fuori.”

Tossì, gli lacrimarono gli occhi e subito gli girò la testa, ma si sentì molto più leggero. Problemi e tensioni erano svaniti. Milia, con entrambe le gambe appoggiate sul divanetto, gli apparve ancora più sensuale.

Lei tirò una profonda boccata a sua volta, gli porse ancora il beccuccio e Ilis non si fece pregare.

Quando la brace del *formir* smise di bruciare, entrambi i ragazzi giacevano con la testa appoggiata sullo schienale del divanetto. Ilis, rilassato come mai in vita sua, osservava il petto di Milia alzarsi e abbassarsi durante il respiro.

“È così bello. Peccato che tra poco dobbiamo tornare entrambi dai nostri padroni. Sarebbe bello non essere costretti a farlo.”

Ilis seguiva quelle labbra aprirsi e chiudersi.

“Tu sei un mago. Dovresti essere in grado di porre fine a tutto questo.”

Ilis si era perso nell’azzurro brillante di quegli occhi vasti come il cielo.

“Hai sentito cosa ho detto?” lo rimproverò Milia, a voce più alta.

L’apprendista si ridestò. “Come? Cosa?”

“Ho detto che dovresti essere in grado di porre fine alle nostre sofferenze. Lo faresti per me?”

C'è qualcosa che non farei per lei?, si chiese il giovane, senza sapere a cosa Milia si riferisse.

“Farei tutto quello che desideri. Cosa desideri, Milia?” le domandò Ilis, perso nel buio delle sue pupille.

“Voglio che ci liberiamo del re!”

Capitolo 44

Per la soddisfazione, Beanor si accarezzava la barba incolta. “Interessante, quindi faremmo uso di questo Bashinoir per eliminare la sacerdotessa che ancora tiene attive le protezioni dell'isola” ricapitolò.

Obolil, seduto su una sedia sistemata ai piedi degli scalini del trono, gli rispose: “È esatto, Maestà. In astrale riusciamo ad arrivare fino alla barriera, e da lì possiamo proiettare un'ombra che si spinge fino all'isola. Con l'ombra riusciamo a comunicare telepaticamente con quest'uomo, che si sente molto solo e isolato. Dunque...”

“Sì, sì, ho capito. Non mi interessano tutte queste spiegazioni. Quand'è che tutto dovrebbe sistemarsi?”

Ilis, in piedi di fianco a Obolil, non resistette all'impulso di guardare il viso del maestro, chiaramente contrariato per l’interruzione.

“Maestà,” spiegò l'anziano mago, “questo genere di persuasione richiede del tempo. Se affrettassimo troppo le cose...”

“Parole, parole, parole... è dalla mia nascita che non sento altro! Sono decenni che aspetto un qualsiasi risultato. Cosa ci vorrà mai per far fuori due o tre superstiti?”

Tuirl, seduto alla sinistra di Obolil, intervenne: “Maestà, ritengo che il piano studiato dai nostri maghi sia ottimo da tutti i punti di vista e, da quanto riferiscono, occorrerà pazientare ancora molto poco.”

Beanor rivolse uno sguardo schifato al suo consigliere. “Potreste farmi il conto di quante volte mi avete chiesto di aspettare? Aspettare, aspettare, non devo fare altro secondo voi! Con i vostri consigli non abbiamo ottenuto altro che consumare la nostra vita in questa terra gelida e inospitale, come i nostri avi prima di noi. Almeno Aldin era riuscito a combinare qualcosa.”

All'udire quelle parole, Obolil avvampò per l'umiliazione. Un forte attacco di tosse ne scosse il corpo malridotto.

“Maestà” insorse Ilis, incapace di trattenersi. Gli occhi del consigliere e del re lo squadrarono minacciosi. Era la prima volta che il giovane apprendista osava prender parola. “Manca davvero pochissimo. Comunicando con Bashinoir, sento le emozioni di un uomo distrutto dal senso di colpa, dalla solitudine e dalla sete di vendetta. La sua ex moglie è ora una novizia al servizio della sacerdotessa. Lui si sente isolato. Sono riuscito a fargli credere che quanto accaduto sia responsabilità di quest'ultima…"

"Hai detto che *comunichi* con questo Bashinoir?" chiese Beanor, guardingo.

"Maestà" si intromise Obolil, con la voce impastata.

"Non ho chiesto a voi! Rispondi, ragazzo!"

Tuirl vide Obolil digrignare i denti.

"S-sì," replicò Ilis, "eseguo le disposizioni del maestro."

"Ah, bene! Quindi il maestro non si degna di accompagnarti in questi vagabondaggi?"

Ilis appoggiò una mano sullo schienale della sedia. Le gambe sembravano non volerlo più sostenere. Obolil fece un tentativo di voltarsi verso di lui, senza però riuscire a ruotare il collo a tal punto.

"Ecco, io e il maestro lavoriamo insieme. Lui mi dice cosa fare e io eseguo."

"E come mai il mago Obolil avrebbe affidato il compito più delicato a un semplice apprendista?"

Ilis abbassò lo sguardo sul pavimento, imbarazzato. Il suo intervento in difesa del maestro si era trasformato in un'ulteriore umiliazione per Obolil.

Il mago era rosso in viso.

Tuirl provò a salvare la situazione: "Maestà, queste complesse operazioni magiche richiedono un perfetto affiatamento che solo..."

"Sì, sì, ho capito. Obolil, Tuirl, se non servite a niente e sapete solo parlare, potete anche uscire."

Obolil si alzò in piedi, tremante e infuriato. L'inchino al re non fu altro che un breve cenno della testa, quindi lasciò il locale, seguito da Tuirl, che camminava con la consueta compostezza.

"D'ora in poi mi riferirai quotidianamente i vostri progressi. Hai capito bene, ragazzo?" ordinò il re.

L'apprendista, al colmo dell'imbarazzo, non aveva idea di come comportarsi. Si trovava per la prima volta solo in presenza del re e, per di più, sapeva di aver fatto infuriare il suo maestro. "Come desiderate, Maestà."

"Ascoltami bene. Il vecchio Obolil in tanti anni non è mai riuscito a ottenere risultati di alcun tipo. L'ho fatto sbattere in prigione perché è un completo incapace. Da te mi aspetto maggior concretezza. Su quell'isola ci sono solo un poveraccio, la ragazza che si scopava e una verginella reietta. Li devi far fuori il prima possibile! Hai capito? Non tollero altri ritardi, altrimenti il primo a pagare sarà quel vecchio incapace. E chi sarà il secondo lo capirai molto presto."

Ilis era pietrificato. Avrebbe voluto spiegare al sovrano che lui e il maestro lavoravano in simbiosi e che in quella fase nessuno dei due sarebbe stato in grado di portare avanti il lavoro autonomamente.

Beanor, di fronte a quegli occhi così sinceri e desiderosi di proferir parola, scoppiò a ridere: "Va' e torna domani a riferire. Se riuscirai ad abbattere quelle maledette barriere, hai la parola del tuo sovrano che alcune delle più belle troie delle terre che conquisteremo a sud saranno tutte tue!"

Ilis eseguì un cortese inchino e rispettosamente uscì dalla stanza del trono.

Ripensò agli istinti omicidi di Milia, chiedendosi in quanti desiderassero la fine del sovrano. Assorto nei propri dubbi, l'apprendista Ilis non si accorse dell'ombra che lo seguiva.

Capitolo 45

Bashinoir udì le risa delle donne provenire dalla cucina. Rallentò i propri passi, incerto se avanzare o fermarsi a origliare. Percepiva uno strano cambiamento negli umori: le due sarebbero dovute essere preoccupate, invece cinguettavano allegramente.

Senza entrare in cucina, provò a capire cosa stessero dicendo. Era attanagliato dai dubbi sulla dinamica della loro relazione e lo seccava essere escluso dalle loro confidenze. *Pazienza. Qualcosa sta per cambiare... Presto mia moglie tornerà a essere solamente mia.*

Sospirando, entrò in cucina. Miril e Lil trattennero le risate, cercando di ricomporsi, e lo salutarono cordialmente. Bashinoir rispose con freddezza; Lil subito se ne dispiacque.

Dopo colazione, Miril spiegò per l'ennesima volta come si sarebbe svolto il rito.

Ha l'aria di una brava maestrina, rifletteva disgustato lui, ascoltandola.

Finite le spiegazioni, si incamminarono verso la grande sala del Tempio, dove le donne avevano disegnato un'ampia spirale sul marmo del pavimento, al cui centro bruciava il fuoco sacro. La luce delle fiamme si rifletteva sugli specchi e illuminava l'alto colonnato e gli affreschi che narravano la vita del loro popolo. L'odore di incenso impregnava piacevolmente l'aria.

Miril andò verso la spirale, cantando le parole di un antico mantra del loro popolo. Le pieghe della veste rituale verde sembravano mosse dal vento. L'aria divenne rarefatta. Dei raggi luminosi originati dal nulla incominciarono a illuminare la stanza.

Giunta di fronte al fuoco, disegnò dei segni sacri muovendo le dita nell'aria, offrì alle fiamme alcuni elementi rituali, chiuse gli occhi e attese. Il colore delle fiamme mutò in un tenue violetto. Riaprì gli occhi e fece un cenno a Lil, che iniziò a percorrere lentamente la spirale. Capelli e veste si sollevarono per via dello stesso venticello, sempre più marcato. Il canto di Lil si unì a quello di Miril. La luce all'interno della stanza aumentò ancora d'intensità.

Bashinoir trattenne il respiro, affascinato dalla scena, e fu tentato di abbandonare dietro una colonna l'arma celata nei pantaloni. Forse avrebbe dovuto dimenticare il passato e lasciarsi andare alla magia di quanto stava accadendo intorno a lui.

Lil raggiunse il centro della spirale. Disegnò altri segni magici e offrì a sua volta gli elementi al fuoco.

Miril chiuse gli occhi. La sua figura divenne così leggera che parve librarsi in aria.

Mentre Lil assumeva la conduzione del rituale, le frequenze vitali della sacerdotessa creavano un ponte tra il presente e il passato.

Lil fece un cenno con lo sguardo a Bashinoir, che iniziò a percorrere la spirale. Ad ogni passo si sentiva sempre più leggero. Paure, ansie, tensioni e risentimento svanirono a poco a poco. Le membra erano sempre più lievi, come se carne, sangue e ossa stessero lasciando il posto a un tenue vapore azzurrino.

Quando raggiunse le due donne, le pareti della sala iniziarono a farsi trasparenti. Il corpo della sacerdotessa perse consistenza e solidità.

Bashinoir guardò intorno a sé, rapito. Gli parve per un attimo di scorgere il mare. Era come se si trovassero su una collinetta che digradava dolcemente verso l'acqua.

La lama fredda nelle tasche dei pantaloni, al contrario, era sempre più pesante. Avrebbe voluto liberarsene, ma era troppo tardi. Dove avrebbe potuto gettarla senza essere visto?

Il corpo della sacerdotessa si sollevò di qualche centimetro dal pavimento. Il viso, rivolto verso l'alto, fu illuminato da un raggio di sole proveniente dal soffitto della sala. Bashinoir la ammirò, sbalordito. Sentì quasi il bisogno di affidarle il suo spirito, come faceva un tempo.

Con la coda dell'occhio si avvide dell'espressione di Lil, che guardava Miril con occhi carichi di stupore, devozione, sorpresa e qualcosa che stentava ad ammettere.

Amore! È innamorata della sacerdotessa, la ama, vuole stare con lei, meditò con un coltello che gli trafiggeva il cuore. *E io la perderò, per sempre!*

Ripensò agli scambi di sorrisi tra le due, al ciarlare a bassa voce, alle occhiate di intesa. *Come ho fatto a non rendermene conto prima?*

Non poteva accettarlo. *No, non può essere! Se rimarremo soli sull'isola, potremo lasciare questo maledetto Tempio per sempre. Finirò di costruire la nostra casa. Avremo dei figli. Con me sarà felice!*

Sospirò. *Devo farlo!* Estrasse l'arma. Quando aveva riferito i particolari del rituale all'ombra, avevano ipotizzato che in quel momento Miril non sarebbe stata in grado di difendersi. Con un balzo la raggiunse, senza che lei arretrasse di un millimetro, e alzò il coltello all'altezza del petto, esitando. Sospesa in aria, illuminata dal raggio solare, era così bella, luminosa, *divina*.

"Bashinoir!" L'urlo terrorizzato di Lil squarciò l'aria. "Ti prego, non lo fare. Ti prego!" lo implorò, avvicinandosi con passi lenti.

"Lil, tu non capisci. È lei la causa. È colpa sua se sono morti tutti. Lei non ci ha protetto. È un'egoista. E ti ha portato via da me."

"No, non è vero e lo sai meglio di me. Lei ha sempre fatto di tutto per proteggerci. E *tu* ti sei allontanato da me in questi mesi. Saremmo potuti rimanere vicini l'uno all'altra, essere amici, avremmo potuto sostenerci a vicenda, ma tu eri troppo orgoglioso per accettare il percorso che era mio compito intraprendere. Ma ora… ora possiamo imparare dai nostri errori. Per favore, Bashinoir, posa quel coltello."

Il canto rituale da Miril, sospesa nell'aria, cresceva di intensità. La luce del sole inondava ormai l'intera sala. Si sentiva l'odore del mare e il rumore delle onde.

Bashinoir aveva le lacrime agli occhi. "Mi dispiace, Lil, ma dobbiamo tornare a casa nostra. Possiamo fare dei bei figli, vivere una bella vita." Alzò la mano in aria, pronto a sferrare il colpo mortale, e l'abbassò con violenza. Lil si gettò sul corpo della donna. Bashinoir vide il coltello affondare nella carne sopra il seno di sua moglie. Inorridito, ritrasse la lama insanguinata. "Lil!" urlò, "Io non..." ma una freccia gli trafisse il cuore e il suo corpo scomparve.

Le due donne caddero sull'erba umida di un prato. Miril, accortasi della ferita di Lil, si gettò in suo soccorso. Vedendo il lago rosso divorare la candida veste della giovane, non riuscì a trattenere le lacrime che, cadendo, si mischiarono al sangue. Le strappò la veste per valutare l'entità della ferita. Quando alzò il capo per urlare, si accorse dei quattro arcieri che, con gli archi tesi, le avevano circondate.

Capitolo 46

Beanor spingeva come un forsennato.

"Oh sì, Maestà. Nessuno riesce a farmi godere come voi."

Beanor grugnì soddisfatto, continuando a spingere con foga, il viso una maschera di sudore. Si avventò sul collo della ragazza, mordendoglielo con rabbia.

"Oh, Maestà, mi fate impazzire. Oh, oh, non resisto più. AAAAAH!"

Milia portò i piedi sopra la vita del re, lo strinse tra le sue cosce e il suo corpo fu scosso da potenti brividi.

"Ah, Maestà, mordetemi ancora! Sapete quanto mi piace quando mi fate male."

Beanor cercò ancora il suo collo. Al semplice tocco delle sue labbra, Milia urlò di piacere. Beanor, incapace di resistere, le venne dentro. L'orgasmo fu accompagnato da rantoli, grugniti e urla.

"Maestà, come fate a essere un amante tanto focoso?" si congratulò Milia.

Lui le rotolò al fianco. Lei gli si avvicinò, accarezzandogli il petto. Il re si voltò dall'altra parte, chiudendo gli occhi. Dopo pochi minuti le palpebre gli si abbassarono e cadde in un sonno profondo.

Milia versò un po' d'acqua nel bicchiere appoggiato sul proprio comodino. Prese una graziosa ampolla di colore viola e ne versò il contenuto nel bicchiere. Poi recuperò una scatoletta finemente lavorata e si voltò verso Beanor, aprendogliela proprio sotto le narici. Attese qualche secondo, poi la nascose nel proprio comodino. Posò la testa sul cuscino e chiuse gli occhi.

Beanor tossì nel sonno. Si voltò sul fianco destro, infastidito, ma i colpi di tosse tornarono a tormentarlo. Si svegliò e provò ad alzare il proprio capo dal cuscino, riuscendoci solo al secondo tentativo.

"El-Milia... non sto bene."

Milia finse di svegliarsi di soprassalto.

"Oh, Maestà, cosa avete? Il vostro viso è coperto di sudore!"

"Acqua. Datemi dell'acqua, subito. Sto morendo di sete!"

"Ma certo. Ecco qui" gli rispose lei, porgendogli il bicchiere.

Gli sorresse il capo per bere. Beanor tracannò tutto d'un sorso, sentendosi subito ristorato. Si tirò su a sedere. Milia gli accarezzò il viso e Beanor le osservò il seno.

Avrebbe voluto alzare una mano per palparglielo, ma ancora una volta fu scosso da un forte colpo di tosse. Al secondo, sputò sangue sulle lenzuola. Guardò inorridito di fronte a sé poi si girò verso Milia. Sospettoso e confuso, i suoi occhi andarono dal volto della giovane al bicchiere d'acqua.

Tossì ancora, inondando di sangue anche il viso di Milia, che urlò inorridita. Lui le portò le mani al collo, cercando di stringere, e lei strillò più per la paura, che per la debole pressione.

Gli uomini di guardia alla camera del re, fino a quel momento addormentati, sussultarono nel sonno all'urlo della ragazza. Uno dei due si destò e sorrise, invidiando la fortuna del sovrano. Si immaginò nel violentare una delle splendide mogli e la dolce fantasia lo riaccompagnò nel sonno.

L'apprendista Ilis li superò agevolmente e, con passo veloce e silenzioso, accorse nella stanza da letto reale, chiudendosi la porta alle spalle. Soccorse la ragazza che, tremante e coperta di sangue, era riuscita a liberarsi. Osservarono il re dimenarsi e rantolare sul letto.

"Calmati, ora andiamo via" le disse, accarezzandola.

Beanor si portò le mani alla gola, si girò e rigirò, fino a cadere ai piedi dei due giovani, che fecero per andarsene. La porta si spalancò e sulla soglia apparve la figura del mago Obolil.

"Ainta sume ardà mal..." iniziò a scandire Ilis.

Ma il mago fu più lesto: "Zapat!" pronunciò, accompagnando l'incantesimo con un ampio gesto della mano.

I due giovani furono scaraventati contro la parete. Milia batté così forte la testa da perdere i sensi. Ilis si ferì contro un candelabro e cadde anche lui a terra, intontito.

Il re iniziò a boccheggiare. Una schiuma giallastra gli usciva dalla bocca.

Obolil cercò intorno a sé e vide il bicchiere posato sul comodino. Scavalcò faticosamente il re e lo prese in mano, appoggiandosi al mobile per non perdere l'equilibrio, quindi si girò verso Ilis, sdegnato. "Zermis ibà coras mitas ornì del!"

Re Beanor smise di rantolare; l'aria tornò a fluire nei polmoni.

Ilis si riprese e corse da Milia per vedere se fosse ancora viva. Con la fanciulla tra le braccia, pronunciò un potente incantesimo, proprio mentre il mago tentava di attaccarlo. Cadendo a terra, Obolil urlò: “Guardie!”

I due uomini fuori dalla porta capirono finalmente di non dover indugiare oltre. Accorsero nella stanza, dove videro, terrorizzati, il re e il mago a terra mentre l'apprendista, con in braccio la giovane moglie, li guardava con aria minacciosa. La guardia più anziana ordinò all’altra: “Va' a cercare aiuto.” Quella volò fuori dalla stanza, prima che Ilis potesse riordinare le idee.

Tuirl fu svegliato dalla guardia che correva nei corridoi chiedendo aiuto per salvare il re. Uscì dalla propria camera e corse verso gli appartamenti reali. Quando entrò, vide Obolil vicino all'ingresso che lo guardava con occhi sbarrati, incapace di muoversi. Beanor, coperto di sangue e scosso dalle convulsioni, riuscì a implorare: “Aiutatemi.” Al fondo della stanza, l'apprendista Ilis era chino sulla bella moglie del re. Sembrava che stesse tentando di rianimarla.

Lui corse a inginocchiarsi di fianco al re. Lo fissò negli occhi, quindi estrasse un pugnale dalla tasca, lo alzò in aria e lo abbassò violentemente in direzione del cuore proprio mentre qualcun altro irrompeva nella stanza.

“Colpiscilo” ordinò Aleia all'arciere al suo fianco. Il manipolo di soldati dietro di loro trattenne il fiato. La freccia centrò il cuore del consigliere, che rimase per un attimo con il pugnale a mezz'aria. Quindi la mano, stringendo ancora l'arma, crollò sul corpo del sovrano, colpendogli il cuore. Lasciandosi andare, Tuirl cadde sul suo stesso braccio, spingendo la lama a fondo. Beanor esalò l'ultimo respiro.

Ilis si alzò in piedi: “Arbiah mazrel tofà...”

La regina indicò Milia: “Fermati, apprendista, o lei morirà.”

Sono troppi, rifletté il giovane di fronte agli arcieri che si disponevano con gli archi tesi.

“Il re è morto. Viva la regina” gracchiò roco da terra il mago Obolil. Le guardie si inchinarono al cospetto di Aleia.

“Legateli” ingiunse lei, “e mandate qualcuno a preparare la pira per l'esecuzione.”

L’Erede della Luce (I Rami del Tempo Vol. 2)

Dopo essere tornata indietro nel tempo per salvare l'isola di Turios e ricucire il tessuto temporale, Lil, in fin di vita, viene curata nell'antico villaggio dei suoi avi, la cui ribellione scatena la pesante rappresaglia dell'esercito reale. Rimasta sola e separata dalla sacerdotessa Miril, sua guida e compagna, si trova di fronte a una scelta impossibile: rinunciare alla propria vita e a quella di tutti gli abitanti del suo mondo salvando i rivoltosi o assistere impassibile al loro sterminio.

Intanto Miril è tenuta prigioniera nel Palazzo Reale dei nemici, dove tutti i suoi poteri sono inefficaci contro una magia ben più antica e potente della sua, e dove, per riguadagnarsi la libertà, dovrà superare una serie di prove mortali nelle quali il pericolo maggiore è rappresentato da se stessa.

Nel futuro, la bellissima regicida Milia attende mestamente la sua esecuzione nel regno stravolto dai cambiamenti della regina Aleia, capace in poco tempo di ridare lustro e importanza al trono e conquistare il popolo. La nuova Isk, però, è minacciata dagli sconvolgimenti messi in moto dal mago Aldin, tanto da costringere la sovrana a guidare una pericolosa spedizione nel passato.

Le modifiche temporali scatenano tuttavia degli effetti sempre diversi, portando Lil a spingersi ben oltre il limite nell'utilizzo dei suoi poteri magici, al punto da abusarne e attirare persino l'attenzione di chi detiene il potere assoluto sull'evoluzione dei pianeti. Nel nucleo centrale del governo della Federazione dei Mondi, il Presidente Molov non perde tempo a decretare la più grave delle punizioni per chi si è reso colpevole dell'uso di un potere che si credeva scomparso da millenni.

In un mondo dominato dall'oscurità, può il coraggio di una sola ragazza riportare la luce?

Rassegna stampa

"Le scene sono così vivide che è quasi possibile toccarle, gli odori si respirano e le sensazioni si provano sulla pelle. Ci si sente protagonisti al pari delle sue eroine. Miril e Lil avranno a che fare con maghi astuti e crudeli, incantesimi, riti antichi e prove fisiche durissime. In alcuni frangenti ci si ritrova a trattenere il fiato insieme a loro, in altri a soffrire, in altri ancora a gioire per le loro fuggevoli occasioni di intimità. La passione tra Miril e Lil è appena accennata, ma non per questo regala meno emozioni. Il loro è un amore puro e delicato, dolcissimo. In una girandola di sequenze, a volte cruente altre avventurose, gli eventi si dipanano a meraviglia e il connubio che caratterizza l'opera, magia e fantascienza, diventa godibilissimo. L'ultima scena di questo secondo libro della Saga del Regno di Isk è sbalorditiva." - **Sogni di Marzapane**

"Assistiamo a continui colpi di scena capaci di sconvolgere ogni nostra aspettativa, con capitoli così densi di emozioni e avvenimenti che il cuore a volte non regge! Una lotta contro il tempo per salvare un mondo intero viene sviluppata con maestria grazie a una trama intensa e appassionante, che crea continui enigmi da risolvere. Entriamo in un mondo fatto di magia, mistero, erotismo, passione, fantascienza! E non mancano i sentimenti, con l'amore tra Lil e Mirl o la passione di Aleia per molte delle sue suddite e servitrici." - **Starlight Book's**

L'Erede della Luce è già disponibile.

- Acquistalo su Kindle: bit.ly/ebookeredeluce
- Compra l'edizione cartacea su Amazon: bit.ly/cartaceoeredeluce
- Richiedi la tua copia speciale con autografo e dedica scrivendo a luca@lucarossi369.com